古城人物

贾大山 ◎ 著

（插图本）

河北出版传媒集团

花山文艺出版社

河北·石家庄

图书在版编目（CIP）数据

古城人物：插图本 / 贾大山著. —石家庄：花山
文艺出版社，2021.5（2022.3 重印）

ISBN 978-7-5511-5615-8

Ⅰ.①古… Ⅱ.①贾… Ⅲ.①短篇小说－小说集－
中国－当代 Ⅳ.①I247.7

中国版本图书馆CIP数据核字（2021）第046968号

书　　名：	**古城人物**（插图本）
	Gucheng Renwu
著　　者：	贾大山
插　　图：	刘现辉

策划统筹：	张采鑫　李　爽	
责任编辑：	梁东方　林艳辉	**责任校对：**李　伟
装帧设计：	王爱芹	**美术编辑：**胡彤亮
出版发行：	花山文艺出版社（邮政编码：050061）	
	（河北省石家庄市友谊北大街330号）	

销售热线：	0311-88643221
传　　真：	0311-88643234
印　　刷：	三河市东兴印刷有限公司
经　　销：	新华书店
开　　本：	787mm×1092mm　1/32
印　　张：	6.375
字　　数：	110千字
版　　次：	2021年5月第1版
	2022年3月第2次印刷
书　　号：	ISBN 978-7-5511-5615-8
定　　价：	20.00元

序

◎ 贾永辉

　　有编者说我父亲的作品,从二十世纪九十年代之后就把人情、人性提升到了更具人生哲理的形而上高度。这句话界定了时间性,也就包括了这组"古城人物"系列。在他创作《古城人物》的时候,就和我妈从老家搬了出去。他的新住所离我单位很近。晚上我值班,好去他那里看一看、歇一会儿,就这机会,他好讲一些有趣的故事。

　　重温《古城人物》,仿佛又使我看见了很多熟悉而有趣的身影。他们都是正定城里的老居民,在这座古老的县城里,他们像其他人一样,坎坎坷坷地生活了一生。譬如,《王掌柜》中的王掌柜……那是一年入冬后的下午,刮着大风,我在上班路上,看见我的父亲穿着件呢子大衣,戴着一顶鸭舌帽,从十字街处的烧鸡店里出来。我问他干什么去?他笑眯眯地低声告诉我,找你大队长伯伯歇会儿；我给他带着一瓶五粮液，买了只烧鸡，让他喝点儿。在大风中我要去送他，我知道去大队长伯伯家的路不近。

大队长姓王，回族，高高的个子，两只大眼上戴着一副花镜，最显眼的是那个光秃秃的头顶。他过去是四合街大队的大队长，我们晚辈看见他只有恭恭敬敬叫伯伯的权利，没有打问人家名字的资格。他会做一手非常好吃的回民菜。那天晚上正好我值班，便来到我父亲的住处，他笑眯眯地告诉我，今天下午，我用一瓶五粮液、一只烧鸡，让你大队长伯伯慢慢喝了一下午、讲了一下午故事，回来的路上，就想好了三篇小说。时间不长，《林掌柜》《钱掌柜》《王掌柜》便诞生了。

说到这里，我父亲不光讲故事好听，很多人都说，听他说话也是一种享受，那有板有眼的节奏，浑厚稳重的语气，从他嘴里讲出的知识，由浅而深的道理，总是有着一种特有的艺术魅力，对别人也总有着一种意想不到的效果。也有人说，听他说话胜读十年书，究竟胜与不胜，那是个人的感受。总之，在他会友时，不论屋里在座有多少人，总会听到他一个人的说话声；如果在窗外听，还以为他在自言自语，他那浑厚的语气、稳重的腔调、有板有眼的节奏、独特而渊博的知识形成了大家认为的、具有艺术魅力的语言，深深吸引着朋友们。多年来，听到的或传到我耳朵里的都是大家对他的赞扬！——这不是我借机夸大事实，这就是我真实的父亲。

我老家是西南街的，大队长家是四合街的。我父亲和他结识，源于我父亲的发小、挚友，我的那位老赵伯伯。老赵伯伯在我们正定文化界也算是一大号了，他和父亲从小在一起唱戏，是多年的好朋友。后来，一位好唱戏的朋友家孩子结婚，便请了几位唱戏不错的朋友去唱会儿。大队长在那里帮忙，听戏上了瘾，感觉家里有什么事，请这帮人唱会儿也是一种面子、一种骄傲。大队长伯伯这样的心态，是他潜意识中对文化的一种酷爱。时隔不长，他家孩子也要结婚，还是家里有别的什么事，他便找到了我们的老赵伯伯，说是到家里唱会儿，还特意点名叫上我的父亲。他们就这样开始交往了。在后来的交往中，有着相识恨晚的感觉，友情伴随着生活、伴随着某种文化急剧升温！

后来发现，他们老弟兄几个人在一起，说话很随便，尤其是老赵伯伯和大队长伯伯，两人经常像年轻孩子一样，瞪着眼抬杠、斗嘴。两人抬杠、拌嘴很有意思，幽默感很强，语言也很精彩。我在旁边听着，有时笑得捂着肚子直流泪。他们抬杠到最后，或不耐烦的时候，总好有人瞪着眼说起仅限于他们之间的、很著名的造句："虽然我没有理，但是怪谁呢？"这样的造句很搞笑，从语言表达来看，却很紧凑。

我不明白，他们这一大把年纪的人要干什么。一天，大队长伯伯带着几个菜来找我父亲喝点儿小酒。然后他让我去叫老赵伯伯，说几天不见他、不和他抬会儿杠，我就憋得慌，我不能让他安生。他们抬杠，虽然不能形成什么系统的文化，但其中包含着很多生活常识，尤其是对于写小说的来说，能够学习很多精彩而又生动的语言。

一天，我正在上班，大队长伯伯忽然来找我，向我借了一本《康熙字典》。他拿着字典告诉我，你老赵伯伯净欺负我识字少，这下该我欺负他了，我得憋他个干瞪眼……我忽然想起来，《康熙字典》里都是些平时没见过的、不常用的字。几天后，老赵伯伯也来找我，冲我瞪着眼，急怪怪地埋怨了我一番，让我赶紧和他要回那本《康熙字典》。原来，老赵伯伯在他家看见了《康熙字典》上盖着图书馆的章，就想到一定是我借给他的……看来，那本《康熙字典》在大队长伯伯手里发挥了明显的作用。

终于明白了，原来他们都有着一颗非常珍贵的童心！他们抬过杠、拌了嘴并不真的生气，更谈不上记仇，并且友谊会更深。我结婚的时候，还不兴到饭店请客，都是请厨子在家张罗。我的父亲便叫来老赵伯伯，他不但会唱戏、拉乐器，也是一个相当不错的厨师。记得那天，他在我家和我父亲商量了半个下午，天黑的时候，就走了。

第二天一大早，大队长伯伯来到我家，一进门就向我父亲说摆几桌，几个凉菜，几个热菜，几个蒸碗。我光听，不搭理他。他一直说到八点多快九点的时候才走。我送他到街门口，才问他，明天我出了俺家街门，往东还是往西呀？你说了将近两个小时，到底谁家结婚呀？

大队长伯伯当时的叙述，要比我的文字表达有意思得多。当时笑得我又含起了泪花。做菜时，两人因为做菜不住地抬杠，但不耽误手里的活，看来他们做菜是非常娴熟了。中间还有一个姓吴的、好唱戏的厨子伯伯，他们的关系也非常不错，并且也知道他俩好抬杠；老吴伯伯便在他俩中间慢条斯理地、添油加醋地拱火，招得很多人在旁边看热闹，不时地发出一阵阵笑声。那天傍晚的时候，老赵伯伯忽然和我开玩笑，但他不笑，很严肃的样子，让我以后得好好巴结他，不然做满月宴的时候，就不管做菜了。

我又笑了。哪有明说让别人巴结自己的？这个老赵伯伯经常说些"人人心中皆有，而嘴中皆无"的言语。

从某种理论上说，这也是我父亲过去教导我的话。

时隔多年，那些"古城人物"们相继驾鹤西去。在他们身后，为我们留下的是一阵阵欢快的笑声和难忘的乐趣。但愿欢快的笑声和难忘的乐趣与《古城人物》同在、与读者同在！

以上文字，算是对"古城人物"们的怀念吧，也包括我已故的父亲。

目　录
CONTENTS

林掌柜

府前街是个丁字街。丁字那一横是条繁华的东西大街，丁字那一竖是条僻静的南北小街。丁字街口朝北一点儿，面南蹲着一对石头狮子，面北蹲着一对石头狮子，四只石头狮子龇牙咧嘴，同心协力地驮着一座古旧的木牌坊，上书四个大字："古常山郡"。木牌坊南边是我家的杂货铺子，木牌坊北边就是林掌柜的"义和鞋庄"了。

"义和鞋庄"不大，只有两间作坊，两间门市，黑漆板打门。那时的铺子都是板打门：门脸下面一道石槽，门脸上面一道木槽，中间那一扇扇活动的黑漆木板，叫"板打"。日出开板打，日落上板打。上板打是一种沉重的体力劳动，为了上得严丝合缝，每上一扇都要努力碰一碰。于是，天黑的时候，整个城里就会响起一片巨大的啪啪、啪啪的声音，此起彼落，经久不息，显示着一种繁荣，充满了一片生气。

不知什么原因，林掌柜的作坊是"闲人免进"的，更不许孩子们到里面玩耍。他家的门市我记得却很清楚：一排货架子，陈列着各式各样的鞋，让人想到一片干净周正的脚；门口的柜台上，放着算盘、笔砚、账簿，还放着一把特制的铡刀。那把铡刀小巧玲珑，好像一个古董，又像一个玩具。据说，只要顾客问一声："掌柜的，鞋底里面，垫的是纸是布呀？"林掌柜便微微一笑，一手接过鞋，一手抬起小铡刀，咔嚓一声，把鞋铡作两截，送到顾客眼皮下看——林掌柜又叫"铡刀林"。

林掌柜五十来岁，长得方脸方口，硕大的鼻头也是方的。夏天，一条黑布裤子，一件白布褂子，总是刮洗得光头净脸；冬天，灰布棉袍，豆包靴头，一顶帽壳。他给人的印象：方方正正，干干净净，和和气气。跟人说话时，不论贫富长幼，总是一脸笑容，满口的"好，好，好"。有一年冬天，邻居一个孩子身穿重孝，趴在他的柜台前面磕了个头，然后说："我娘没了。"他也说："好，好，好。"——惯了，和气也不看什么时候。

因了那把小铡刀，林掌柜的生意格外好。每当他家门前顾客多起来的时候，我便凑过去，很想看他铡一双鞋。可是，在我的记忆里，那把小铡刀从来没有用过，只是那么放着，并且总是擦得明晃晃的。

一天，我正骑着石头狮子玩耍，杨跛子过来了，一跛

林掌柜

庚子秋　現輝

一跛地走到林掌柜的柜台前面，说：

"买鞋！"

那天顾客不少，林掌柜见他来了，赶忙拿出几双鞋，让他挑选。他拿起一双鞋，朝柜台上一扔：

"铡一双看看！"

林掌柜望着他，笑而不语。

"不敢铡？"

"敢铡。"

"不敢铡就不是好货！"

"这么着吧，爷儿们！"林掌柜拿起那双鞋，一面用纸包着，一面笑着说，"这双鞋，拿去穿，钱，不忙给；鞋底磨通了，鞋帮穿烂了，好货赖货一看便知。"话儿也柔和，手儿也利落，话说完了，鞋也包好了，朝他怀里轻轻一扔，"别客气爷们儿，拿着，穿坏了再来拿！"

杨跛子真的不客气，白白拿走一双鞋！顾客们都很气愤，林掌柜却依然笑着，说是："只当铡了一双。"

杨跛子住在后街里，土改的时候，表现很积极，后来不知什么原因，贫农团开会不再叫他了。他没有职业，但是整天泡茶馆子，泡戏园子，泡澡堂子。买卖人都很讨厌他，林掌柜为什么对他那么客气呢？晚上我问父亲，父亲笑着说：

"要不怎么叫'义和鞋庄'呢！"

父亲和林掌柜是至交。遇到下雪下雨的天气，或是生意不忙的时候，林掌柜便来我家铺子里闲坐。他总是叫我父亲"老鸟"，我父亲也叫他"老鸟"。直到今天，我只知道那是一个戏称，但不知道"老鸟"的真实含义。

两个"老鸟"到了一起，就要喝一点儿酒，"老鸟，喝点儿？""喝点儿，老鸟。"他们到里间屋里，在炕上放个小桌，对面坐了，慢慢地喝。——我家卖酒，也卖松花、咸蒜、豆瓣酱。林掌柜非常欣赏我家做的豆瓣酱，吃到一个姜丝儿，不住说"好"。每次分别的时候，两人总要互相奉承一句：

"我最佩服你的豆瓣酱。"

"我最佩服你的小铡刀。"

我也深深喜爱林掌柜的小铡刀。有一次，他们喝着酒，我问：

"林大叔，你那小铡刀快不快呀？"

"快呀，飞快飞快。"

"一年铡多少鞋？"

"早先铡一些，后来就不铡了。"

"既然不铡了，要它干什么？"

"放着。"父亲说，"世界上有些东西，一定得有，用到不用的时候，便是用好了。"

林掌柜乐了，举起酒杯说：

"知我者，老鸟也！"

他们每次喝酒，总是这么快活。

后来，很有一阵子，林掌柜不到我家铺子里来了。父亲也很忙，不断到什么地方去开会。人们都说城外的庄稼人已经到了社会主义社会，城里的买卖人也准备向那里迈进了。

林掌柜最后一次到我家铺子里来，是在那年腊月，一个下雪的晚上。那时候买卖家已经不再进货了，关门也早，大家怀着各种不同的心情，等待着敲锣打鼓那一天。

那天天很晚了，父亲站在货架子前面，正自盘算什么，林掌柜把门一推，头上顶着几片雪花进来了。父亲说：

"你也没睡？"

"睡了，又起来了。"林掌柜结着扣子说，"我想看看你。"

"看我什么？"

"有人说工商业者黑夜哭白天笑，我看看你哭哩笑哩？"

父亲低下头，说话变了嗓门儿：

"我也不哭我也不笑，只是心里麻烦……"

"你有'蛰财'？"

"没有。"

"你能变成'亨茂号'？"

"休想，那是大买卖。"

"这不得了！"林掌柜把手一拍，"那你麻烦什么？"

父亲抬起头，眼里含着泪说：

"老鸟，以后挪了窝儿，咱们还能坐在一起摆个龙门阵不？"

"就为这个？"

父亲点点头。

"能摆，什么时候也能摆个龙门阵！"林掌柜说着，哈哈笑了。

父亲擦擦泪，也笑了：

"你不麻烦？"

"我不麻烦。"

"你不麻烦起来干什么？"

"我想喝两盅。"

"没菜。"

"有菜！"

林掌柜自己下手，弄了一碟韭菜花儿，弄了一碟豆瓣酱，然后从酒坛里舀了一小壶酒，说是一醉方休——林掌柜心地坦和，总是那么快乐。

可是，他刚抿了一口酒，突然皱起眉头：

"酒里掺水了？"

"没有。"父亲一愣。

他又抿了一口，红着脸嚷起来：

"掺水了，肯定是掺水了！"

父亲尝了一口，脸也红了，急得拍着桌子说：

"咦，这就奇了！"

"你从哪儿进的酒？"

"专卖处！"

"最近，谁来打过酒？"

"昨天，前天……杨跛子！"

"披一件破大袄？"

"披一件破大袄！"

"要赊账？"

"要赊账！——三斤的瓶子灌满了，提下柜台，才说要赊账。我说不赊账，他就不打了……"

"酒呢？"

"我又倒回去了！"

"坏了！"林掌柜仰起脖子，咯咯咯地笑起来，笑得没了声音没了眼睛。他说，杨跛子打酒，惯用此法：他的破大袄里另外藏着一只瓶子，里面装满凉水……

父亲听了，也被气笑了：

"你说，这半坛酒……"

"洒了！"

"洒了？"

"再卖倒字号。"

"快关门了，还怕倒字号？"

"人也有字号。"

"半坛酒，总有七八斤呀……"

"不喝了，睡觉！"林掌柜好像生气了，起身要走，父亲赶忙拦住他：

"怎么了，老鸟？"

"你不听朋友劝告！"

我赶紧开开门，抱起酒坛子，把"酒"洒到街里去了。林掌柜拍着我的头顶笑了笑，说是："这小子长大了做买卖能发财。"我要去给他们打好酒，他说不用了，父亲也说不用了，催我去睡觉。

我不想睡觉，躲在灯光照不到的地方，看他们喝酒，听他们说话。他们的话题很散漫，脸上的表情很复杂，一会儿谈到城里，一会儿谈到乡下……父亲脸上刚刚有了一点欢快的颜色，林掌柜却把嘴一撇，瞅着那两碟小菜哭起来了。父亲好生奇怪：

"老鸟，醉了？"

"我也麻烦！"

"你有'蛰财'？"

"没有。"

"你能变成'永泰昌'？"

"休想，那是大鞋庄。"

"这不得了！"父亲也把手一拍，"刚才怎么劝我来？"

林掌柜抬起头，眼里含着泪说：

"老鸟，以后见了面儿，还能吃上这么好的豆瓣酱不？"

"就为这个？"

林掌柜点点头。

"能吃，什么时候也有卖豆瓣酱的！"父亲说着，忍不住笑了。

林掌柜擦擦泪，也笑了。

雪悄悄下着。一阵阵寒风，不时把一两片雪花从板打缝里扔到柜台上来。鸡叫头遍了，他们的话还没说完，最后三举杯，倾注了半生的情意：头杯酒，三十年打早摸黑，苦巴苦干，两家都有吃有穿，没饿着没冻着，喝了；二杯酒，两家相识相知，老不哄少不欺，谁也没有做过亏心的买卖，喝了；最后一杯没有喝，他们把酒洒在地上，敬了天地财神，算盘和秤，还有那把小铡刀。

钱 掌 柜

一棵古槐，树干已经空朽了，枝叶依然茂盛，葱葱茏茏像把大伞，半遮半掩着一个杂货铺——公私合营第四门市部。

这个门市部，两人经营着，一个是我父亲，一个是钱掌柜。钱掌柜是组长，我父亲是组员，一官一兵。

钱掌柜比我父亲大两三岁，看上去却比我父亲年轻得多，精神得多：一头黑发两只笑眼，肥头大耳满脸光气。公私合营前，他在十字街上开一小铺，名叫"荣盛源"，买卖越做越小，但他一点儿也不着急。黑夜上了板打，小铺里照例飞出一台戏："我说苏三走动啊！""苦哇！""仓台七台仓台七台仓台七台台仓——""喂呀！忽听得唤苏三我的魂飞魄散，吓得我战兢兢不敢向前……"又是丑又是旦，又是哭又是笑，又有京胡伴奏，又有口念的锣鼓点儿，唱到精彩处，"好！"——还会爆发叫好的声音。站在门外乍一听,不知屋里有多少人,其实就他自己。

公私合营后,他仍然爱唱,门市后面的小屋里经常挂着一把京胡。一天晚上,他正唱得热闹,零售经理部的李书记来了。李书记说:"老钱,怎么啦,这么高兴?"他哈哈一笑,嘴里竟然冒出一句妙语:"有人说工商业者黑夜哭白天笑,那得看谁。李书记,我老钱可是自拉自唱着进入社会主义的!"李书记听了,十分欢喜——他当门市组长,大概就是得益于这句妙语。

但是,他这个门市组长,很少在门市上待。他一上任就说:"老贾,我这个人太浪荡,坐不住,重活我干,责任我负,守门市靠你啦。"于是,他们这里不是组长指挥组员,而是组员指挥组长。组员说没醋了,他便拉上小车儿去拉醋;组员说没点心了,他便去拉点心——早晨出去中午回来,中午出去晚上回来,一走就是半天。有时组员也批评他两句,他总是哈哈一笑说:"我这个嘴好呱呱,熟人又多,碰见谁不得呱呱几句?"——"好呱呱",就是好说话。

有一天,他去拉醋,早晨出去,次日中午才回来,弄得组员哭不是笑不是:"老钱老钱,我当把你丢了呢!"

"丢不了,昨天黑夜我到石家庄去了一趟。"

"拉醋用到石家庄?"

"尚小云来了，我看了看尚小云。"说着，拿起鸡毛掸子，扭动胖大腰身，学起尚小云来。

钱掌柜平时浪荡，到了关键时候，真干。

钱掌柜果然犯了错误。反右派的时候，虽然没有戴上帽子，但被狠狠"挂"了一下，遭到了辩论。他的主要错误是丑化党的领导，具体言论是："你看咱们李书记，上身长下身短，穿上什么衣服也不顺眼。"——他说是"不合体"，群众揭发是"不顺眼"，辩论了好几个回合，他才抱头痛哭，承认是"不顺眼"——果然是吃了"好呱呱"的亏！

钱掌柜犯了错误，不再"呱呱"了，但是依然爱唱——胡琴筒里塞块毛巾，小声唱。一天父亲中了暑，让我去请假，他正坐在柜台后面眯着眼睛哼哼着唱哩。他说他用旧曲调，编了新唱词儿，全是歌颂"大跃进"的；又说国家提出了"超英赶美"的口号，他也不能落后，他要赶超尚小云……

"老钱，不忙啊？"

他正向我讲解怎样赶超尚小云，一个又黑又瘦的中年人走进来，行唐口音。他赶紧打整精神，笑脸相迎：

"哎呀，李书记，你真稀罕！"

原来在我想象中，李书记是个非常严肃、非常厉害的人。其实，他很随和，也很朴素，穿一件肥大的圆领背心，拿一把破旧的芭蕉扇子，像个卖西瓜的；钱掌柜虽然犯了错误，但是他的眼光里，没有一点儿冷漠和歧视。他看了看货架上的货物，摇着芭蕉扇子说：

"老钱，最近县里要开全面跃进誓师大会，你对咱们公司的跃进规划有什么意见，提提吧！"

李书记是来征求意见的，跃进指标如何，具体措施怎样，群众有什么反映，都问到了。不管他问什么，钱掌柜总是笑呵呵地说："挺好。"

"对我个人有什么意见也可以提一提。"李书记又说，"比如，思想方面的，干劲儿方面的，工作作风方面的，都可以提——我们现在的主要任务就是反对右倾保守和本位主义思想，扫清跃进的障碍！"

李书记的扇子向前一推，做了个扫清障碍的姿势，然后坐下了——看来一时半会儿走不了。钱掌柜拍着脑袋想了想，笑着说：

"那我就提一条！"

"提吧。"

"我也是听反映。"

"反映也行。"

"不一定对。"

"错了也没关系。"

"要说你李书记，哪一方面都好，就是太爱喝酒了……"

"什么？"

"一喝就是一斤半！"

"我？"

"喝醉了就骂人——这是不是跃进的障碍？"

"别的呢？"

"没有了。"

李书记哈哈笑了，钱掌柜也哈哈笑了。两人哈哈笑了一阵，李书记走了，一边走还一边笑。

李书记走远了，钱掌柜指着他的背影对我说：

"小子，你看他是不是上身长下身短？"

"像。"我问，"他真能喝一斤半酒？"

"他有肝炎，滴酒不沾。"

"那你……"

"这叫技术。"他笑了笑，嘴巴对着我的耳朵说，"领导征求意见，不提不行，提对了更不行，瞎提没事儿——你看他乐了不是？"

那一次，他给我留下的印象很不好。他的一举一动、一言一笑，好像不是原来的钱掌柜了！

那年秋天，大炼钢铁的熊熊烈火遍地燃烧起来的时候，父亲被调到焦化厂小卖部工作，我也上了中学。一晃两年，我和父亲都没见过钱掌柜，也听不到关于他的消息了。春节到了，他把年货预备得非常齐全，天天顶门市，不到天黑不关门；中秋节到了，他便拉上小车儿带上胡琴，下乡卖月饼，走一村唱一村："八月十五月光明，老钱送货出了城，社会主义无限好，老钱的月饼甜得不行。"——十分招人喜爱；县里检查卫生了，他便亲自收拾门市，打扫库房，看见一只苍蝇，举着蝇拍儿从屋里追到院里，从院里追到街里，直到消灭为止……于是，不到一年光景，四门市的墙壁上便挂了不少小红旗。每领一面小红旗，他便自己掏腰包，请我父亲吃一顿。他说这些成绩的取得，全是我父亲努力的结果，鼓励我父亲戒骄戒躁，再接再厉——真像一个领导干部似的。最难得的是，父亲跟他搭了将近两年伙计，从来没有发生过错账短款之类的事故。父亲常说，跟老钱打伙计，身子虽然"拴"得慌，可心里踏实。

我也喜欢钱掌柜。每次看望父亲的时候，他见了我总是朝后一指，悄悄地说："小子，到屋里等着去。"我刚走到屋里，他便跟进来了，塞给我一块槽子糕，一块"大八件"，让我"咪希咪希"。他这么做的时候，总是蹑手蹑脚，满脸贼笑，但是"贼"得可爱。

一天晚上，我问父亲什么是"咪希咪希"？父亲说那是一句日本话，就是吃的意思。我听了很惊奇："钱大伯会说日本话？"

"他跟一个日本人学了两句。"父亲说，日本人占领县城时，钱掌柜因为贩卖了两箱火柴，被抓到贾村据点，那是杀头的罪过。受审时，他见日本人屋里也挂着一把京胡，便说："你们让我唱一段儿，再杀行不行？"日本人竟然答应了。他一拉一唱，日本人大喜，不但没杀他，还请他吃了一顿饭，跟他交了朋友。

"哎呀，那不变成汉奸了吗？"我问。

"别瞎说，不是汉奸。"父亲板起脸儿说，钱掌柜不但不是汉奸，他还忍着羞辱，保护过一群中国孩子。有一天，那个日本人来到"荣盛源"，让他拉胡琴。一群孩子看见了，冲着日本人骂："X你娘！"日本人不懂这句话，便问钱掌柜，那是什么意思？钱掌柜告诉他，那是祝你长寿。后来，那个日本人见了钱掌柜，总要彬彬有礼地说一声："钱先生，X你娘。"钱掌柜只好点头微笑："谢谢，谢谢。"——钱掌柜能是汉奸吗？

原来，我不相信真有其事，可是后来不断看到人们这样逗他：

"钱掌柜，那年你给日本人唱了一段什么呀？"

"《打渔杀家》，小口儿！"他津津乐道。

"日本人也会拉京胡？"

"唉，吱呀吱呀的，像推碾子！"

"你真会说日本话？"

每当这时，父亲便看他一眼，重重咳嗽一声。但他并不理会，叽里咕噜来几句日本话，然后扬扬得意地说：

　　"怎么样？地道的东京味儿！"

　　于是，父亲开始埋怨他了，嫌他"嘴松"，嫌他不会小声说话，嫌他喜欢炫耀自己。他呢，嘻嘻哈哈，满不在乎，我行我素。

　　一天，他又让我"咪希"，父亲急忙赶到屋里说：

　　"老钱！别让他吃了，犯错误！"

　　"犯错误不在吃东西。"他说。

　　"在什么？"父亲问。

　　"在说话。"他好像预感到了什么，沉下脸儿说，"老贾，你瞅着，我迟早得犯错误。"

　　"怎见得？"

　　"我这个嘴好呱呱。"

　　"既然晓得了，就要注意。"

　　这一回，他认真地听着，不再嬉皮笑脸的了。

　　最后一次见到钱掌柜，是在那个饥饿的冬天。那是一个下雪天，我到焦化厂看望父亲，路过四门市，看见钱掌柜仍然在柜台后面坐着。他看见我，笑着向我招了招手，我走到柜台前面，他把嘴一伸，小声说：

　　"小子，怪饥不？"

　　"不饥。"我说。

"不饥是假的。"他看了看点心匣子，两个手指一撒，比了个"八"字，"八块钱一斤了，不能'咪希'了。"

想起当年情景，我不禁笑了：

"钱大伯，如今还唱戏吗？"

"唱，就是进步不大。"他说，"咱们国家没有赶上英国，我也没有赶上尚小云。"说完也笑了。

钱掌柜老了，头发稀稀地白了一半，眉毛也开始变白了；他的脸色像干菜，"胖"得难看，牙齿也脱落了好几颗。他过去不吸烟，那天手里夹着个烟嘴儿，烟嘴儿上按着个烟头儿，吸一口咳嗽半天。我问：

"钱大伯，你不是不吸烟吗？"

"不吸不给烟票。"

"如今买烟也要票？"

"嘿，买什么不要票？"

"你不吸烟，何必要烟票呢？"

"不兴烟票不吸烟，兴了就得要，不要白不要。"

说着，把烟嘴儿叼到嘴里，烟头儿朝天像个小高射炮。他刚吸了两口，两眼一怔，忽然站起来了：

"你听，又一个！"

一片哀哀的哭声，簇拥着一辆马车过来了，马车上拉着一口棺材。马车前面，一个孩子身穿重孝，扛着一个白幡，马车后面跟着死者的亲属。钱掌柜好像看清了什么，从点心匣里抓了两块饼干，傻了似的走到街门口上，肃然而立。一片纸钱飘飘摇摇落在他的肩上，他都没有察觉……

送葬的队伍过去了，我问："钱大伯，谁死了？"

他不说话，呆呆望着飘走的白幡，好像遥望自己的归宿。白幡看不见了，他才轻轻叫了一声"老李"，把两块饼干扔到街心里去……

"哪个老李？"我问。

"我们李书记……"

"他？"我也一惊，"那年整你，不就是他吗？"

他摇摇头，不让我再说下去。他说老李人不错，大家浮肿了，他也浮肿了；病重的时候，天天还到食堂打饭吃，买个馒头，照样拿细粮票……说着，他拼命吸了两口烟，烟头儿早已熄灭了。他一挥手，连烟嘴儿也扔了，我说："钱大伯，你的烟嘴儿……"

"不要它了，困难时候，凑什么热闹呢……"

他拍拍身上的雪花，擦擦眼泪，又到柜台后面坐着去了。

后来我下乡了，再也没有见过钱掌柜。我只听说，在那动乱的时候，他到食品公司开办的养猪场里喂了两年猪，挨了两年批斗，最后死在一个学习班里，罪名是"日本特务"。后来平反，又说他不是"日本特务"了。

王 掌 柜

　　王掌柜其实是个农民，半辈子种菜卖菜。年轻的时候，他在大街上卖菜，买菜的人们叫他一声"老乡"，他便不高兴，说是："一个卖烟卷的、卖瓜子的，都称'掌柜'，我的买卖难道不比他们大？"人们投其所好，便叫他"王掌柜"了，一直叫到现在。

　　王掌柜住在南仓，紧挨着城角楼。古时候，正定府是个兵马重镇，南仓是聚草屯粮的地方。南仓居民半农半商，以农为主，种粮又种菜。这里出产的大白菜很有名望，到了清代，地以物传，干脆就叫"南仓大白菜"了。这种白菜棵大叶肥，颜色白嫩，里面的叶子互相重叠，外面一叶满球包顶，不但好看好吃，而且好熟，所以又叫"开锅烂"。早先，这种菜籽运销湖北、湖南、山东、山西，半个中国都晓得"南仓大白菜"——王掌柜种的就是这种大白菜。

王掌柜

庚子秋 现辉

自从山里修了水库，南仓虽然还种大白菜，但已不是"南仓大白菜"了。南仓原来属于"二阴地"，分布着不少水塘，用王掌柜的话说：碱从水来，水随气散，淋下的东西是什么？硝。——种植"南仓大白菜"需要含硝的土壤。一修水库，滹沱河断了水，水塘没有了，硝也不复存在了。再说，这种白菜喜大水肥，不能用化肥"催"，只能用粪干"奶"，还要施以豆饼、茅渣、鸡毛。那时候"以粮为纲"，谁还费这个劲呢！

可是，城里的老人们，谁也没有忘了"南仓大白菜"。王掌柜分到责任田，老人们一见他就说：

"王掌柜，我们可等着哩！"

"等着什么？"

"等着吃'南仓大白菜'呀！"

王掌柜听了，摇摇头，笑笑说：

"不种啦，老啦，歇啦！"

王掌柜六十来岁，老倒不老，但是真的"歇"了。不歇，孩子们不行。三个媳妇到了一起，时常念叨：婆婆受了一辈子苦，没得早，现在只有这么一个老人了，又赶上好时候，应该让他享些福。媳妇们说到做到，庄稼活抢着干，好吃东西抢着买。王掌柜的小屋里，奶粉、罐头、麦乳精，什么都有，手里没有断过零花钱——三个儿子都当工人，个个都给钱。

王掌柜喝了一阵麦乳精，街上卖小吃的便多起来了。一天，他把三个媳妇叫到屋里，指着那些食品说：

　　"往后你们别花这个闲钱了，我也不服这些洋东西。'花花正定府，锦绣洛阳城'，咱们正定府的好吃东西多着哩。改革开放了，市面儿一天天火爆起来，好吃东西都得出来。你们上街的时候，看见什么好吃东西出来了，回来报告一声，就算你们尽了孝心——钱，不让你们花。"

　　三个媳妇一齐说："行！"

　　正定府的好吃东西确实不少。尤其是才解放那几年，一个十字街上就蹲了七八个饭庄，布篷小摊，肩担小贩，比比皆是。"正定府三大宝，扒糕、粉浆、豆腐脑"，那是为了念着顺口，其实，比"三大宝"更精美的食品有的是：糖麻花、蜜麻叶、豆花糕、煎素卷，做法南北罕见；鸡丁、崩肝、肥胁、肘花儿，味道天下少有。单说炸麻糖，就有多少样："对拼""白片""盘算""有饷""荷包""二水"……可惜到了后来，只剩下一样："油条"！

　　王掌柜在大街上卖菜时，见得多，吃得也多。因为好吃，由贫农"吃"成了中农。"四清"复议阶级成分，实行自报公议。王掌柜没有这方面的经验，自报的时候，竟然吹起来了，他说："我老王从小种菜卖菜，靠劳动吃饭，凭力气干活。大福咱没享过，大罪咱也没受过。

山珍海味吃不起，烧饼麻糖油炸糕，他吆喝什么咱吃什么……"他还没有说完，"四清"工作队的同志便黑下脸说："行啦，别说啦，中农！"那时尚且如此，如今有了经济条件，没了思想顾虑，更该吃了，他想。

春天，槐花开放的时候，老大媳妇报告来了：

"爹，卤鸡出来了！"

"谁家的？"

"马家的。"

王掌柜说了声"好"，悠悠打打上街去了。

正定卤鸡自古有名，马家卤鸡尤其地道：生鸡洗净，一只翅膀别向背后，一只翅膀叼在口中，脖颈弯回，爪入膛内，形状宛如小琵琶；卤煮要用老汤做底，作料不下二十种：丁香、桂皮、砂仁、豆蔻、白芷、山奈、花椒、大料、葱、姜、色酱等——按比例下作料、看鸡龄定火候。鸡煮好了，黄里透红，颜色鲜亮，不破皮不脱骨，不塞牙不腻口。据说，光绪二十七年十二月，西太后从西安回京，驻跸正定，吃了马家卤鸡，都说鲜、香、嫩！老马掌柜卖卤鸡时，王掌柜是老主顾了。

现在卖卤鸡的是小马掌柜。小马掌柜眼睛有功夫，一看行人脸色，便知谁想吃鸡：

"王大伯，尝尝！"

王掌柜离他的摊子还很远，他便用筷子扎起一只卤鸡，响亮地招呼——他的卤鸡好像不是卖的，而是供人"尝"的。

王掌柜走过去，撕了一点儿鸡皮，扔到嘴里说：

"老汤煮的？"

"没有老汤，能是这个颜色？"

"多少年不煮了？"

"我六岁上关的门。"

"从哪儿得的老汤？"

"关门的时候，老掌柜留下一罐老汤，用黄蜡封了，埋在地下了。"

"好，老掌柜能掐会算，知道有今天！"

王掌柜说着，咂巴了几下嘴唇，忽然皱起眉毛。小马掌柜忙问：

"味道怎么样？"

"好像缺料？"

"哎呀，大伯真是神嘴儿！"小马掌柜红着脸说，"丈母娘来了，一闻见砂仁、豆蔻味儿，就头疼，所以这一锅……"

"那就不该煮！"王掌柜毫不客气。

"她明天就走……"

"我明天再吃！"说罢扬长去了。

小马掌柜不但不生气，心里反倒十分喜欢。第二天中午，真材实料煮好一锅鸡，特意给王掌柜送去两只，说什么也不要钱。王掌柜问："为什么不要钱？"小马掌柜说："就因为你认识我们马家卤鸡。"王掌柜夸奖他会做生意，他称赞王掌柜嘴巴神奇。王掌柜哈哈一声说："全是你爹培养的。"

过了几天，王掌柜刚刚做好午饭，老二媳妇报告来了：

"爹，豆腐脑出来了！"

"什么豆腐脑？"

"什么豆腐脑都有。"

王掌柜说了声"好"，悠悠打打上街去了。

正定豆腐脑有三种：一种是"老豆腐脑"，卤水点豆浆做成的，吃时放韭菜花儿、辣椒酱；一种是"石膏豆腐脑"，石膏点豆浆做成的，吃时放姜末、蒜泥；一种是"卤豆腐脑"——石膏豆腐脑浇卤。王掌柜最爱吃"卤豆腐脑"，并且专吃老牛掌柜的"卤豆腐脑"。碗儿大是次要的，主要是卤好：金针、木耳、粉条、面筋，什么都有，一撮香菜，俩大香油珠子，看着就醒脾！

现在卖豆腐脑的是小牛掌柜。小牛掌柜不如小马掌柜，做买卖散散漫漫，精气神不行。他给王掌柜盛了一碗豆腐脑，放在地桌上，竟然忘了拿小勺儿。

王掌柜看着那碗豆腐脑，不由得皱起眉毛：

"这就是卤豆腐脑？"

"错不了，吃吧！"

"金针呢？"

"没金针。"

"木耳呢？"

"改革了，没木耳。"

"面筋呢？"

小牛掌柜一愣，眨眨眼睛：

"什么叫面筋？"

"你贵姓？"

"姓牛。"

"多少钱一碗？"

"三毛。"

王掌柜掏出三毛钱，放在地桌上，一口没吃，走了。走到十字街里，回头嚷了一声：

"哼，不知什么是面筋，你也敢姓牛！"

后来，未经媳妇们报告，自己上街吃了几回东西，结果都不满意。吃了一回饸饹，怀疑不是真正荞麦面做的，煮的也"糟"；吃了一回馄饨，埋怨没有"高汤"，白水煮的；吃了两回崩肝，一回嫌崩得太老，一回嫌崩得太嫩。想喝一碗豆沫儿，贵贱没有卖的——那东西利皮儿薄，没人做了。于是什么也不吃了，天天坐在院里的槐树底下喝茶，想念过去的好吃东西。

一天，他正喝茶，老三媳妇报告来了：

"爹，刘掌柜的烧卖出来了！"

"哪个刘掌柜？"

"老刘掌柜，你的好朋友！"

他的眼睛一亮，立刻站起来了。早先，城里卖烧卖的不下五六家，哪一家的烧卖也不如刘掌柜的讲究。剁馅儿，只用牛的"中肋"，别处一概不取，那地方一层肉丝儿一层花油，香；拌馅儿，葱花、鲜姜、黄豆酱，花椒、大料、小茴香水，还必须得用小磨香油。烧麦出笼了，用荷叶裹了卖，肉香、油香、荷叶香，吃到嘴里清香清香的，味道绝了！——刘掌柜的包子馆就叫"得味长"。

王掌柜上街去了，不大一会儿就回来了。老三媳妇问：

"爹，吃了吗？"

"不吃了！"他坐在院里的捶布石上，脸色很不好看。他说，老刘掌柜赚钱也赚糊涂了，卖烧卖也用塑料袋，竟然没了荷叶，没了荷叶还叫什么"得味长"！

晚上，妯娌三个坐在房上乘凉，老三媳妇发起牢骚：

"咱爹的嘴头儿真刁，往后咱不给他报告了！"

"你才知道？"老二媳妇说，"不光嘴头儿刁，耳朵也刁。大嫂，你把那年剁饺子馅的事儿，给她讲讲！"

"我早忘了，"老大媳妇不愿背后议论老人，笑着说，"该报告了，还得报告。"

　　"你不讲我讲！"老二媳妇忍着笑说，"那年腊月二十九，我正和大嫂打扫院子，咱爹从屋里出来了。他说今儿几啦？我说二十九啦。他说怎么不剁饺子馅儿？我说饺子馅儿早拌好啦。他说怎么没有听见剁？我说我买了个绞肉机。他把脸儿一沉，那不行，饺子馅儿就得剁，噔噔噔噔的，听着瑞气。院子里不闹个动静儿，像过年吗？我说绞的快当，他说剁的热闹；我说绞的剁的一样吃，他说味道不一样。咱大嫂孝顺，赶紧说：'爹，你等着，我再买二斤肉去，给你闹个动静儿！'——白说又买了二斤肉，给他'噔噔'了半后晌！"

　　说完，妯娌三个都笑了。

　　这时候，王掌柜正在房檐底下坐着喝茶，听见她们的话，也偷偷地笑了。

　　转眼秋风凉了，三个媳妇忙着秋收种麦，顾不上向他报告。一天中午，王掌柜熬了一锅稀溜溜的大米绿豆粥，切了一碟绿萝卜咸菜，用香油拌了，"请"她们过来吃饭。她们一进门，满院子清香，一直香到街门口上去了。她们走到屋里，王掌柜指着扣在饭桌上的一张大荷叶说："吃吧！"她们揭开荷叶一看，哈，烧卖！一个个热腾腾、油滚滚的小包子儿，皮儿又薄，馅儿又大，模样儿又俊，很像一个个小石榴。她们拿起筷子，一人夹了一个，咬一口，顺嘴流油，但是一点儿也不腻口——有那荷叶的清香呢！

老大媳妇说："好吃！"

老二媳妇说："真好吃！"

老三媳妇说："就是好吃！"

王掌柜好像得了理，捏了个小包子儿，托在手心里说：

"凡是好东西，谁也消灭不了，就怕自己消灭了自己。改革？那得看怎么改，改什么，马家的卤鸡，改了老汤行不行？刘家的烧卖，改了这张荷叶行不行？行是行，可就不是那个味道了！"

吃着饭，他给媳妇们布置了两项新的任务。一、打听一下哪里还有"三桩包头大白菜"籽；二、赶集买硝，看见就买，贵贱都买。他说明年不歇着了，他要振兴"南仓大白菜"了。

西 街 三 怪

城里西街上，居住着三位老人，人称"西街三怪"。他们是于老、杜老和黄老。于老外号"药罐子"，杜老外号"火锅子"，黄老外号"神算子"。他们的故事，琐屑荒唐，没什么意义；刊物约稿，记个梗概，讨人一笑而已。

药 罐 子

于老喜欢生病。——不，应该说是时常生病。他是食品公司的退休职工，按照规定，看病应到商业局诊所，或是县医院。但他生了病，从来不到指定的地方治疗，一定得请李先生。

于老生在富人家，早先是"永茂酱园"的少掌柜。他从小多灾多病，一直仰仗李先生：六岁肚里生虫子，请的是李先生；十二岁长秃疮，请的是李先生；二十一岁打摆子，请的也是李先生。李先生去世了，以后看病，还是请李先生——李先生的儿子也行医，也是李先生。奇怪的是，"文化大革命"中，李先生戴了一顶帽子，他十年安然无恙，百病不生；新时期到来，李先生的诊所一开张，他的病就又来了：今天上火，明天肠干，伤风感冒不断，去了咳嗽添了喘，三天两头抓药、熬药，于是得了"药罐子"的外号。

于老个子小，嗓门儿高，禁不得半点儿病痛。身上稍有不适，便哼哼唧唧，大呼小叫，甚至还要嚷着给在西安工作的女儿拍电报。李先生一到，就更"蝎虎"了，脑袋一耷拉，说：

"哎哟，我不行了！"

"不行了"的病症，一剂"小柴胡汤"喝下便好，他就越发崇拜李先生了，硬说李先生是"东垣老人"的后代。人们不知"东垣老人"是谁，他便到处介绍：

"东垣老人，姓李名杲，字明之，晚号东垣，大金朝名医，咱县人氏！李东垣名扬天下，李先生错得了吗？你们看着李先生那相貌，天庭饱满，地阁方圆，高鼻梁大眼睛，活像东垣！"

他好像还懂相法，又像真的见过李东垣！

李先生究竟是不是"东垣老人"的后代，街上无人真正知道。但是，李先生人缘极好，确是人人称道。晚上，尤其是冬天的晚上，他的小诊所里总是歇半屋子人，谈天说地，十分热闹。李先生从来不嫌麻烦，白开水满足供应，和大家又说又笑。

一天晚上，大家正谈得热闹，"阿嚏！"——一个大喷嚏，于老来了。他穿得很厚，戴一顶皮帽子，围一条毛围脖，一个大口罩上面，只露着一对小眼睛。他说他又不行了，喉咙发干，四肢无力，浑身冷紧紧的。李先生赶忙给他倒了一杯开水，让他坐下，然后打开药橱，用小勺取出一粒药，放在桌上让他吃，服务热情而又周到。

李先生也很喜欢于老，称他是"模范病号"。平时看病，李先生怎么说，他就怎么办，一点儿也不含糊。李先生说"不要着凉"，夏天也得烧烧炕；李先生说"多喝白开水"，他一定得问清楚一天喝几壶才好。至于吃药，更是一丝不苟，谨遵医嘱。可是，今天却有些反常，相面似的瞅着那粒药说：

"这是什么？"

"'康泰克'，一种西药。"李先生告诉他。

"我不吃西药！"他说，"我这辈子，凡是挂'西'字的东西都不吃，西药治标不治本！"

说着，鼻子一皱，"阿嚏！"——又是一个大喷嚏！卖烧饼的老温吓了一跳，说：

药罐子
庚子秋
瑰辉

"好家伙！听这声音，真是'不行'了！"

大家都笑了。

外号"火锅子"的杜老也在这里歇着。杜老爱抬杠，听出漏洞，当仁不让地说：

"老于，西瓜，吃不吃？"

"吃！"

"西红柿吃不吃？"

"吃！"

"西葫芦呢？"

于老知道上了当，不再言语。杜老看看大家说：

"我听人说，西瓜来自非洲，西红柿、西葫芦来自南美洲，西红柿又叫'番茄'，西葫芦又叫'美国南瓜'，都是挂'西'字儿的！"

大家又笑了。

李先生也笑了，像哄孩子似的，给他讲了一番道理。他说中、西两医，各有所长，各有所短，不能妄加褒贬；又说中医本身也是不断发展的，并非千古不变。东垣老人熟读《内经》《难经》，但又结合医疗实践，提出了自己的见解，创造了许多著名方剂。假如人云亦云，陈陈相因，怎么会有"内经说""脾胃论"？哪来的"补中益气汤""升阳益胃汤""沉香温胃汤"呢？他的"小柴胡汤"也是因症配伍的，君臣佐使，不断变化。所以，医家

和病家，也应解放思想，破除迷信，不可拘泥一法，死认
一门……

于老喝着水，望着李先生说：

"试试？"

"试试吧！"老温说，"这种药不错，电视上说了，
打喷嚏流眼泪，一吃就好！"

"这种药是不错！"木匠老杨说，"今年春天，我们
老爷子闹感冒，吃了一粒，立时见效。老爷子吃馋了，如
今身上一不舒服，就吃'康泰克'，不吃别的药了！"

"那也不好。"杜老笑着说，"我们不能迷信旧东
西，但也不能盲目崇拜新东西。盲目崇拜新的，就会迷信
旧的。李先生说是不是？"

"极是！"李先生说，"天下万物，无旧不成新，无
新不变旧嘛！——老于，吃了吗？"

于老看看桌子上说：

"吃了！"

"喝水！"李先生又给他倒了一杯水，然后分析"康
泰克"的好处。他说这种药研制得很科学，一个胶囊里
面，既有速释小药丸，又有缓释小药丸，速释药丸可以很
快发挥作用，缓释药丸可使药效持续十二小时。于老越听
越科学，颇有兴趣地问：

"这种药是哪儿出的？"

"天津，中美史克制药公司。"老杨说。

"多少钱一粒？"

"六毛！"老温说，"一粒药，顶三个烧饼！"

"噢，怪不得呢！"于老站起来，突然嚷了一声。李先生问他感觉如何，他嘿嘿一笑，眉毛也舒展了，眼睛也亮堂了，模仿着电视广告说：

"不错，'确实好多了'！"

大家望着他那焕然一新的样子，好像打了个胜仗，一齐笑起来。李先生也笑了说：

"好好睡一觉，效果更好。"

"睡两个钟头行不行？"

"行。"

"睡三个钟头呢？"

"也行，你看着睡吧！"

李先生把他送到院里，人们又听见他说：

"不错不错，科学就是厉害！"

走到街里，又说：

"妈的，到底是中美史克！"

李先生送他回来，大家又有一番议论。老温说，"药罐子"相信了"康泰克"，真不容易；杜老说，李先生不仅治好了他的病痛，而且解放了他的思想，真是回春妙手！李先生呆呆望着桌子底下，好像发现了什么重要情况，怅然一笑说：

"唉，我在他心目中，也不过是一粒'康泰克'！"

说着，从桌子底下捡起一个什么东西，让大家看。

大家看清了，哈哈笑了——于老喝水的时候，那粒药滚到地下去了，根本就没吃到肚子里。

火　锅　子

于老爱吃药，杜老爱吃饭。

杜老和于老同岁，虽是种田人，长得却富贵：高高的身材，圆圆的肚子，浑身上下都很丰满。个子虽大，干活却没力气，土地集体耕种的时候，一天挣八分半，顶个妇女劳力。

那时候，种田人吃不饱饭，他却不断"吃'火锅子'"——和于老一起"吃"。两人一见面，便说：

"老于，吃了吗？"

"吃了。"

"吃的什么？"

于老知道他爱吃，也爱吹，便和他吹起来了：

"唉，这年头儿吃什么呀，半斤猪头肉，二两酒呗！"

"我不吃猪头肉，我嫌太凉。我吃的是'火

火锅子 蘭乎秋 瑰輝

锅子'……"

"我也是。我中午吃猪头肉，晚上吃'火锅子'——一个小铁锅儿，朝小火儿上一坐，白菜、豆腐、粉条一咕嘟，哎哟，美死了！"

"我吃'火锅子'，光有白菜、豆腐、粉条不行，还得切几片儿红烧肉。开了锅，夹一片儿，颤悠颤悠的，用嘴一吸溜，哎哟，香死了！"

"我吃'火锅子'，光有红烧肉不行，还得撒一把虾仁儿，哎哟，鲜死了！"

"我吃'火锅子'，光有虾仁儿不行，还得放点儿海参，哎哟……"

于老摇摇头，甘拜下风：

"行了行了，我的'火锅子'，不如你的'火锅子'！"

因为"吃'火锅子'"，两人挨了一次批判：大家忙着革命，你们吃"火锅子"！一人请"神算子"写了一篇检查，才算完事。

从此以后，再也不"吃'火锅子'"了。

如今天下太平，杜老什么都不怕了，随心干活，大胆吃饭。他没有儿子，只有两个闺女，大闺女做了随军家属，二闺女招了个上门女婿。闺女、女婿心眼儿好，老伴儿也贤惠，每天都要给他做差样儿的饭：家里人吃馒头，给他烙饼；家里人吃青菜，给他炒鸡蛋。最近，每隔几天，女婿还要给他买两个猪爪子吃。女婿说，猪爪子含胶质物，吃了可以软化血管，还可以美容。吃了一阵，血管虽然不见软化，但他心里却十分温暖，无比幸福！

吃罢早饭，他喜欢上街转一转。碰见熟人，总要问人家一声：

"吃了吗？"

"吃了。"

"吃的什么？"

"小米粥、油条。"

"我家吃的也是小米粥、油条。——不过我那油条，是用豆腐皮儿裹了吃的！"

"噢，你比我强！"

他便乐了。

吃罢午饭，喜欢在门口站一站。熟人过来，也好问问他：

"吃了吗？"

"吃了。"

"吃的什么？"

"面条儿。"

"一锅饭？"

"一锅饭。——不过我那碗面条儿里面，藏了两个白果儿！"

"什么叫白果儿？"

"鸡蛋。"

"嘿，你比我强！"

他又乐了。

吃罢晚饭，喜欢到李先生的诊所里坐一坐。人们知道他的毛病，故意把自己的晚饭向好处说：包饺子、炸酱面、炒肉丝儿、大米饭……他听了，笑眯眯地说：

"你们猜我吃的什么？金黄的玉米面儿蒸了几个窝头儿，一碟小葱拌豆腐，一碟水萝卜丝儿，一碗杂面。"

"嘿，真素净！"

他又乐了——还是比别人强！

其实，在西街上，杜老是生活水平比较低的人家。街上的种田人，除了种田，几乎都做小买卖。他不做，也不让闺女、女婿做。闺女、女婿时常在他面前念叨：卖烧饼的老温发财了，卖凉粉的老吴发财了，卖豆芽的叶大嫂也发财了……杜老虽然粗俗，但在"政治夜校"学过哲学，晓得从两方面看问题。吃饭时，便给老伴儿讲他的"哲学"，其实是让闺女、女婿听的：

"如今的年轻人，眼皮儿太薄，比这个比那个，甚至还比外国人！说什么外国人的生活水平高，中国人的生活水平低；还说什么外国人生活节奏紧张，中国人自由散漫……扯淡！知足常乐，自由散漫也是一种享受，咱要那么紧张干什么呀？"

杜老一如既往，每天到畦子里转一转，然后喝茶、聊天，吃闺女做的"差样儿饭"。

可是，一到春节，他便有些反常。整天少言寡语，食欲也明显下降。如果有人问他吃的什么饭，便说：

"正月里，吃什么饭！"

听那语气，便是受了虐待似的！

女婿怀疑他得了什么病症，便到诊所去问李先生。李先生听了，朝给病人扎针的小床上一指，笑着说：

"这得请教黄老先生！"

黄老先生就是"神算子"。他闭着眼睛坐在小床上问：

"你们平常吃什么饭呀？"

"家常便饭呗。"

"他呢？"

"他老了，我们做小的总得给他弄点差样儿的东西吃，也就是炒个鸡蛋、买个猪爪子什么的……"

"正月里，还给他炒鸡蛋吗？"

"不啦。"

"还买猪爪子吗？"

女婿摇头笑了说：

"正月里，又是鱼又是肉，又是鸡又是鸭的，还炒什么鸡蛋，买什么猪爪子呀？"

"问题就出在这儿了。"黄老说，"你那老泰山，有一种心病：口说知足常乐，心想高人一等。平常和你们吃的不一样，他就高兴；现在一样了，他就不高兴了。神州大地，芸芸众生，或轻或重都有这种心病。所以社会主义是个相当长的历史时期，实现大同，早着哪！"

李先生哈哈笑了说：

"黄先生有什么妙方不？"

"有。"黄老睁开眼睛，捋着胡须想了一下，对杜老的女婿说，"你们吃饭时，不要叫他。你们吃饱了，把剩下的菜呀、肉呀，朝锅里一倒，热了给他吃。"

女婿愣了一下说：

"让他吃剩菜？"

"不是剩菜，那叫'折罗'。"黄老一再叮嘱，"记住，得说'折罗'！"

正月十五晚饭，闺女、女婿如法做了，杜老果然吃得高兴！晚上观灯，于老碰见他问：

"老杜，吃了吗？"

"吃了！"

"吃的什么？"

"你猜！"

"包饺子？"

"不对！"

"大米饭？"

"不对！"

"莫非摆酒席了？"

"也不对！"他呵呵一笑，说，"'火锅子'！'折罗'！"

于是，"火锅子"的外号就又叫起来了。

神　算　子

黄老是西街上的知识分子。早年卖字画，后来坐在邮局门口代写书信。他读过不少古书，很有学问，可惜生不逢时，一直没有施展的机会。到了"不惑"之年，一颗明珠才放出光彩，引起了人们的注目。

那是一个令人兴奋的时代。全县的农业生产合作社刚刚实现人民公社化，村村街街又办起了公共食堂；县委召开了"学河南，赶河南，超河南"的誓师大会，提出了鼓舞人心的高产口号；城里城外到处是炼铁的高炉，东西南北天天有报喜的锣鼓声音。黄老不是农业人口，除了到街道食堂吃饭，不受别的拘管，仍然坐在邮局门口代写书信。街上几个闲人，不断凑到他的摊子前面，谈论一些新闻：

"北关的麦子，一亩地打到两千斤了！"

"你猜西关是多少？六千！"

"东关里八千了！"

闲人们大惊小怪，黄老却说：

"不行，太低。"

果然，过了几天，闲人们又得到消息：南关的小麦亩产超过了一万斤！黄老听了，仍说：

"不行，低。"

果然，秋天，西街上放出一颗更大的"卫星"：粮食亩产三万斤，棉花亩产一千六百一十五斤，得了一台拖拉机，一面大红旗，敲了半天锣鼓，放了半天鞭炮！黄老听了，轻轻一拍手说："好了！"人们不解其意，他说：

"好便是了，了便是好。"

果然，那年冬天，县委派来工作组，开会反"五风"。西街上的粮食亩产仍然是三百一十九斤，棉花亩产仍然是三十九斤——果然是一"好"便"了"。

黄老说话有准，开始有了威信。晚上，他的小茅屋里，时常歇着几个面黄肌瘦的人，谈论生死大事：

"黄先生，咱街上饿死人了！"

"饿死几个？"

"饿死一个还不行？"

"不行。"他说。

果然，过了几天，街上一下死了三个人！大家惊慌失措，他却镇定自若，仍说：

"不行，定数未满。"

"死人还有定数？"

"天地之间，什么没有定数？"

果然，上级虽然采取了很多措施，但终未能改变定数。有一天，西街上死了十一个人，其中还有这样一个情况：儿子埋了父亲，从坟上回来也就死了。黄老又说了一声"好了"，没过多久，食堂便散了，各家的屋顶上又升起炊烟！

消息传开，全街轰动，他便得了"神算子"的美名。人们说，黄先生开了"慧眼"啦，能看到未来的事情，人家知道粮食亩产到了三万斤，棉花亩产到了一千六百一十五斤，就该反"五风"了；又说人家早有预言，食堂要散，街上一天得死十一个人，多一个也不行，少一个也不行……

有了这样的名声，"文化大革命"中必然有事。他不是地主，不是富农，也没什么破坏活动，定个"牛鬼蛇神"正好。他戴了十年帽子，扫了十年街道，吃了不少苦头。好在批斗他时，人们只是比画一下，并不真斗——人们不知哪位神仙附在他的身上，怕斗狠了，于自己不利。

木匠老杨说，黄老戴着帽子，还显过一次灵异。那时老杨才二十多岁，偷做木匠活。公社革命委员会的主任让他做了一套家具，既不给工钱，也不给料钱。快过年了，老杨去要账，那位主任又升到县里了，人也见不着。大年三十黑夜，老杨憋着一肚子气，偷偷去找黄老，一进门就说：

"黄先生，你说这叫什么世道，坏人上天，好人入地！"

黄老问他谁又上天了，他便攻击那位主任，历数那位主任的劣迹。黄老一点儿也不生气，拿出两个爆竹，让老杨去放。他说这种爆竹很别致，地下一响天上一响，同时还散一片烟花，十分美丽。老杨没有心思放爆竹，他便自己放。"砰，啪！"——果然散了一片烟花！他朝天上一指，刚刚说了一句："响亮辉煌处——"吧唧，炮皮落地了，又说："便是落地时。"果然，不到一年，中央出了事，揪出四个人，那位主任也"落地"了。

老杨这么一传，黄老很快就摘了帽子。街干部说，这得算点儿事迹！

黄老真正受到人们的重视，是在人们刚刚分到责任田的时候。人们穷怕了，一举一动都想卜个吉凶。例如：今年地里种什么好，政策会不会变，做买卖朝哪个方面走顺利，都要问问他。他开始很惊讶，忙说自己不善此道。

人们便说黄老别客气，时代不同了，我们需要你。他心里一高兴，便"开放"了：玄门真言、禅门偈语、毛主席教导、阴阳八卦，熔百家于一炉，给人们指示方向，解难析疑。先是无偿服务，后来变成有偿服务了。

自从变成有偿服务，他的打扮便有些怪异：一件破褂子，一把破扇子，故意趿拉着鞋。没人找他的时候，他便四处转悠。看见谁家盖房子，便说："哎呀，这房子怎么这么盖？"看见谁家娶媳妇，便说："哎呀，谁看的日子？"说罢哈哈一笑，扬长而去。人们渐渐讨厌他了，常常望着他的背影说：

"别理他，半疯子！"

首先对他这套发生怀疑的，竟是于老。一天晚上，大家正在李先生的诊所里歇着，他来了，于老便问：

"老黄，你什么时候学会算卦了？"

"哪个算卦了？"他说，"我那一套，全是哲学！"

大家哈哈笑了，杜老说：

"哲学家，你看我的晚运如何？"

"你三十挨刀，四十挨炮，五十遭雷打，六十被火烧！"

"哎哟，我今年都六十四了！"

在一片笑声中，他灰灰地走了。大家想起昔日的黄老，觉得很惋惜：黄老那么有学问，如今怎么变成这样一

神算子
庚子秋月 現輝

个人了？于老皱着眉头想了一下，说：

"我看都怨大家！"

"怎么怨大家？"

"老黄本来是个很有学问的人，智慧也不小。他过去预言的那些事情，自有他的道理——'物极必反'嘛！后来大家一捧他，他便忘乎所以了，自己把自己弄得妖里妖气，结果也落了个'物极必反'！"

"嘿，于老也是个哲学家！"木匠老杨说，大家又笑了。

"我看不能怨大家，首先得怨他自己！"杜老说，"外因是条件，内因是根据嘛！李先生说是不是？"

李先生点点头，看看于、杜二位，也笑了说：

"唉，咱街上净出怪人，又净出哲学家！"

"容　膝"

东门里有个大觉寺，寺内有一方青石，上刻两个大字："容膝"；又刻一行小字："晦翁书"。原来这块石刻放在一个大殿的角落里，尘封垢染，无人问津。到了八十年代，寺内的工作人员把它拓片装裱，竟能重金出卖，以文补文。先是文人墨客喜爱，后来平常百姓也争着买。于是"容膝"拓片除了在寺内零卖，也批发到"四宝斋"。

"四宝斋"就在大觉寺的对面，卖文房四宝、名人字画，也卖泥塑陶器、玉雕古玩。"四宝斋"的主人是一对来自农村的年轻夫妇，一个叫文霄，一个叫玉素，一个能写一个爱画。改革开放后，别的买卖不做，一心开个"四宝斋"。他们说开办"四宝斋"的目的不是为了赚钱，而是为了繁荣古城文化。其实，古城文化繁荣了，钱也赚下不少。要不一座青砖青瓦、古色古香的小楼，怎么会盖起来？

不过，他们做买卖，确有与众不同之处。譬如：明知"容膝"拓片畅销，偏不肯多进货，每次只进三五幅，一幅挂起来，其余藏在柜台下面。有人买"容膝"拓片，先把人家上下打量一遍，然后交谈几句，好像是要考查一下人家的道德学问，配不配买一幅"容膝"拓片似的。

正月里，满城观不尽的繁华热闹，"四宝斋"的顾客仍然不多。文霄站在柜台后面，应酬两个看砚台的老人，玉素在后面的小屋里作画儿。"四宝斋"不是饭馆，不是百货商店，平时生意就很"清淡"——这里卖的都是高雅贵重物品，一天卖两三件，就能获得不少利润。

卖绿萝卜的老甘却是这里的常客。老甘是个种田人，认不得几个字，但是非常喜欢"四宝斋"。他说全城里的买卖，哪一家也不如"四宝斋"的买卖做得文雅，买的文雅，卖的也文雅。每天，他把放着半笸箩绿萝卜的小车儿朝"四宝斋"门口一摆，就钻到店堂里去了，一边取暖，一边瞅摊，一边看文霄夫妇做买卖。

看砚台的走了，老甘望着装裱精致的"容膝"拓片，问了一句：

"那个黑片子，卖多少钱？"

"七十。"文霄告诉他。

"呀，好贵也！"老甘吐吐舌头，悄悄说。——老甘嗓子野，站在城门洞里吆喝一声"绿萝卜"，十字街里都能听见；但是到了"四宝斋"，说话总是悄悄地，好像是怕嗓门儿大了，破坏了这里的文雅似的，并且时常动用"之乎者也"一类的字眼。

"写字的人贵。"文霄也很喜欢老甘，生意不忙了，爱和老甘聊天。他说"晦翁"不是别人，就是朱熹，南宋的大哲学家。宋宁宗庆元年间，朱熹因为得罪了一个姓韩的大官，遭到排斥，被贬官了。一天他到大觉寺拜佛，要求借宿一夜。大觉寺东侧有个专供香客借宿的院子，名叫雨花堂，大小十间房屋，大的两方丈有余，小的只能容纳一人，香客所住房屋大小，以向寺内施舍财物多少而定。住持僧看他青衣小帽，穷困潦倒，便把他安排到一间最小的屋子里去了。晚上，他躺在草苫上，思前想后，心里很不是滋味，长叹一声，便在石砌墙壁上挥笔写下"容膝"二字。他去世后，皇上因念他的功德，追封他为信国公，并诏令天下搜集他的墨迹。"容膝"二字成了国宝，住持僧便请匠人刻下来了……

"老朱有两下子！"老甘说，"这两个字，写得是不赖！"

"其实，'容膝'是陶渊明的话。"老甘正赞叹着，一个戴眼镜的中年人走进来，谈吐也很文雅。玉素在后面的小屋里说：

"对，是陶渊明的话。"

"是《桃花源记》里的话吧？"文霄向屋里问。

"不，是《归去来兮辞》里的话。"眼镜背诵，"'倚南窗以寄傲……'"

"'审容膝之易安。'"玉素在屋里接了下句。文霄一拍手说：

"对，是有这么两句！"

柜台里面一句，柜台外面一句，屋里一句，三个人津津有味地谈论着"归去来兮"。老甘努力听着，像听外国话，但也听清个大概意思：老陶在什么地方做了八十多天官，便辞官归田了，写了一篇文章叫《归去来兮辞》。"审容膝之易安"，是说他回到老家，不嫌房子小，容下膝盖儿就行了。

他们越谈越投机。眼镜问到"容膝"拓片的价钱时，文霄十分友好地说：

"别人买七十，你买……"

"我买一幅，也优惠优惠吧！"文霄还没说完，走进来一个胖老头，淡淡的眉毛，疏疏的胡子，披一件细毛羊皮袄，玩两个健身球儿。他说他最喜欢名人字画，客厅里挂了一幅"难得糊涂"，卧室里挂了一幅"吃亏是福"，书房里想挂一幅"容膝"……

"三间房屋？"眼镜问。

"四间，吃饭屋里就不挂什么了。"

"几口人？"

"两口，我和老伴儿。孩子们，我谁也不跟，他们那里人来人往，又有电话，麻烦！"

说完笑了，笑得十分得意。

文霄不知胖老头的来历，正要取货，"没货了。"玉素从屋里走出来，似笑非笑地打量着胖老头说，"这位先生也有书房？"

"有哇，人老了没事做，就爱读一点书——'有好友来如对月，得奇书读胜观花'呀！"胖老头说完又笑了。

"你读什么书？"玉素又问。

"刚读完了《笑话大全》，最近在读《麻衣相法》。"

文霄、眼镜都笑了。玉素也笑了，指着一幅国画说：

"我看你不如买了这幅《八骏图》吧，你看这八匹马，奋蹄扬鬃，一匹一个模样儿，多么精神！"

"多少钱？"

"一百。"

"行，它更名贵！"

胖老头买了《八骏图》，刚刚走出店门，玉素就把嘴儿一撇，说：

"哼，两口人四间房屋，好大的膝盖儿呀！"

"他买《八骏图》最合适了！"眼镜忍不住，噗噗笑了，"他那屋里可以跑马！"

笑了一回，玉素望着眼镜说：

"同志在哪儿工作？"

"县政府。"

"什么机关？"

"小机关。"

"机关再小也有名字。"

"地名办公室。"

"噢——"玉素看看文霄，"还有这么个办公室？"

"无权无势，清水衙门！"眼镜的脸红了，通红通红。

"住哪儿？"玉素又问。

"梁家胡同。"眼镜的脸又白了，寡白寡白，"一家三代五口人，住在两间平房里，一间不到九平方米……"

"看看看，"老甘两手一摊，"读'归去来兮'不如读《麻衣相法》！"

"这就叫苦乐不均！"眼镜嚷了一声，然后对玉素说，去年儿子考上大学，闺女当了文艺兵，老太太也去世了，才得松快松快。他也想买一幅朱子真迹，在屋里挂一挂，冲冲晦气。玉素笑了笑说：

"真的没货了。"

"这一幅……"眼镜指指挂着的拓片。

"那是样品，不卖。"

眼镜望着那拓片，待了一会儿，只好走了。老甘看看文霄，看看玉素，奇怪地问：

"怎么，两位都不卖给？"

"一位有贪心，一位有怨心，都不适合挂'容膝'。"玉素说。

"谁挂才适合呢？"

"你挂最适合了。"玉素笑笑说，"你们老两口，两间小茅屋，屋前一棵垂柳，屋后一片菜畦，无忧无虑无争无求地过日子，多么安闲快活？'审容膝之易安'，最不容易做到的是那个'安'字，你做到了。"

"不也不也，我也没做到！"老甘摇摇手，也咧着大嘴笑了，"天一暖和，我也要盖新房了，不要那么大，也不能那么小，客厅、书房用不着，只能'容膝'也不行。老伴儿嚷着买洗衣机哩，买了放在哪儿？其实，老朱和老陶，也没做到。老陶不嫌房子小，住下就是了，写'归去来兮'干吗？老朱更不安分了，半夜三更，不好好睡觉，又是朝墙上写字，又是唉声叹气，折腾吗哩？人生在世，贪心不可有，怨心不可有，但是哪能无所求呢？你看我现在就有所求了——"

外面过来一群红男绿女，老甘慌慌走出，野着嗓子吆喝起来：

"绿萝卜！又甜又脆的绿萝卜！"

文霄和玉素，听着那洪亮的叫卖声，相对无语。听了一会儿，两人一齐说：

"老甘，大觉人也！"

妙 光 塔 下

南门里头，一排高低错落的民房中间，矗立着一座古塔，那便是慧云寺的妙光塔了。慧云寺早已断了香火，妙光塔也明显地倾斜了，酥裂了，像一个人到了风烛残年。平时人们一走近它，就会听到老街长的呼喊：

"喂，闪开些，小心砸着了，那里危险！"

老街长就住在慧云寺旁边的一个栅栏小门里，看着这座古塔，不知呼喊了多少年，如今头发霜白了，还在不断地认真地呼喊。

这天晚上，月亮刚刚出来，人们又听见他在庙台上呼喊，不过内容变了，声音也很柔和：

"乡亲们，大热的天，钻在家里干什么，出来凉快凉快吧！"

听见呼喊，一群孩子首先跑过来了。他们知道，老街长很会讲故事，也很喜爱孩子们。他们众星捧月似的坐在他的身边，有的趴在他的背上，嚷着要他讲故事。

老街长摇着芭蕉扇子，笑眯眯地望着孩子们问：

"你们想听什么故事？"

"我们想听神话故事！"孩子们一齐说。

老街长望着古塔，稍微想了一下，就给他们讲起来了。他说当年造塔时，来了一个乞丐，坐在寺外监工，工匠们遇到难题就去问他。可那乞丐从不说话，工匠们问什么，就在地上画什么。他说那个乞丐就是八仙中的吕洞宾……

"老街长，又在讲吕洞宾呀？"

这时候，大人们摇着扇子，拿着板凳儿，也凑过来了。老街长对着他们笑了笑说：

"呵，讲着玩哩。"

大人们坐下了。又说：

"最近，吕洞宾又来了，要修这座古塔了，晓得了吗？"

人们想起来了，那是一天下午，一辆黑色轿车停在这里。车上下来一个姑娘，一个官员，最后下来一个清清瘦瘦、头发稀稀的老头。那老头戴一副金丝眼镜，脖子上挎着照相机，一口北京话。他们在慧云寺里整整看了一个下午，谈了一个下午。从那天起，老街长天天光着脊梁到寺里去，拔寺里的野草，清寺里的狗粪，中午也不休息……

人们望着古塔，高兴地说：

"早该修一修了，这座古塔，是城里一景哩！"

"塔刹呢，塔刹哪里去了？"

"四座小塔修不修？早先还有四座小塔哩，环绕着大塔，乾隆爷看了都喜欢……"

"修。"老街长摇着芭蕉扇子，对大家说，"大塔也修，小塔也修，大殿也修。不过，那个北京老头说了，要把那些丢了的古砖找回来，才能修哩。他说这叫'修旧如旧'……"

"哼，抽风哩！"宰牛的马老大蹲在庙台上，冷冷地说，"从前叫拆庙，如今又要修庙，修就修吧，还要'修旧如旧'！"

一阵凉风，从东边的菜地里吹过来，把大人们的笑容吹走了。孩子们不管大人的事情，一心想着吕洞宾：

"老街长，吕洞宾画了一些什么呀，你还没讲完哩！"

"往上看，"老街长指着塔上说，"他的作品，塑到塔上去了。"

"在哪里，怎么看不清？"

"在那里，仔细看……"

老街长正给孩子们指点，卖菜的蒋五婶忽然插了一句：

"老街长，你这么大年纪了，还负责看塔呀？"

"嗯。"老街长点点头。

"白干？"

"不，有补助。"

"一个月多少钱？"

"四块钱。"

"噢，四块钱！"蒋五婶扑哧笑了一声，又说，"这么多年了，又炼钢铁，又破'四旧'，那些古砖怕是早失灭了，到哪里去找呀？"

"好找好找，那些古砖没有走远……"一个瘦长的影子，摇摇晃晃走到庙台上来。蒋五婶眼尖嘴快，立刻冲着那人说：

"王老婆，你说古砖没有走远，你家藏着多少？"

"我家藏着炸弹，没有藏着古砖。"王老婆说着，哈哈地笑了。

王老婆自从摘了富农的帽子，天天喝得醉醺醺的，说话也很尖刻。那年在庙台上批斗他，有人说他藏着武器，他便招认了，他说他家后头院里埋着一支手枪，埋着一颗炸弹……

今天他又喝了酒，打败蒋五婶，笑吟吟地望着老街长的脸说：

"老街长，那些古砖，要是垒了猪圈呢？"

"拆。"老街长说。

"要是垒了厕所呢？"

"拆。"老街长又说。

"要是盖了房子呢？"

老街长看看大家，迟了一下说：

"也拆。"

大人们低下头，谁也不说话了。孩子们好像明白了一点儿什么，偷偷观察着他们的脸色。静了一会儿，不知是谁小声说：

"那个北京老头真古怪，偏偏稀罕那些烂砖……"

"烂砖？"老街长仿佛生了气，望着那人脊背说，"那是唐砖！"

"唐砖，就是唐朝的砖。"王老婆脱了鞋，大模大样地坐在庙台上，装出一副知识渊博的样子说，"一块唐砖，拿到美国，值好多美元哩……"

"王老婆！"马老大忍不住了，大喝了一声，"你什么时候到过美国？"

"我，我是听说……"

"我们说话，你不要多嘴多舌！"马老大不客气地说。

王老婆怔了一下，笑吟吟地说：

"我的帽子已经摘了，我们是一家人了……"

"你们是一家人，你们歇着吧，我走！"蒋五婶拿起板凳儿，真的走了。

两个老头站起来，也说要走，王老婆赶忙说：

"好了好了，我走我走，你们歇着……"

王老婆蹬上鞋，灰灰地走了。

两个老头又坐下了。

蒋五婶转了个圈儿，又回来了。

"拆，也不白拆。"老街长依然摇着芭蕉扇子，对大家说，"那个北京老头说了，只要能把那些古砖收回来，拆你一个旧猪圈，赔你一个新猪圈，拆你一个旧厕所，赔你一个新厕所……"

"要是拆我两间旧房子呢？"蒋五婶问。

"那就赔你两间新房子。"老街长说。

"真的？"

"真的。"

蒋五婶笑了，马老大也笑了，许多人都笑了。大家笑着夸共产党好，夸那个北京老头不错……

"这么说，大家都要住新房子了。"从前种地，现在仍然种地，一向不爱说话的陈大爷发言了，"那年我盖房子，打根脚的时候，也用了寺里的古砖——我也要住新房子了。不过，我有一个问题还没想清楚：国家该不该赔偿我们呢？"

"怎么不该？"马老大站起来，用手拍打着芭蕉扇子，在人们脸前跳来跳去说，"法律保护私有财产！法律……"

孩子们看着有趣，哈哈笑起来了。老街长也笑了：

"马老大，刚才你说什么，你再说一遍。"

在孩子们的笑声里，马老大抬头看看那座古塔，话到嘴边又咽下去。这时候，圆圆的月亮游到塔尖儿上去了，照得古塔更清晰……

"要不，我们自己拆了吧，省得心里不上不下的……"

"不要赔偿了？"

"不要了，那些古砖本来就是老祖宗的东西……"

"那，那得拆多少房子呀？"

"是呀，我们的损失……"

人们正讨论着，菜地那里忽然传来了说话的声音：

"老婆叔，干什么去来？"

"我呀，列席了一个会议。"

"哪里开会呀？"

"那不是，贫下中农正在讨论修塔的问题……"

王老婆哈哈笑着走远了。

大人们急了，一齐望着那个方向，骂王老婆不是东西！

老街长好像并不关心这些事情，耐心地回答着孩子们的问题。一个小姑娘问：

"老街长，人们怎么晓得那个乞丐是吕洞宾呢？"

"塔造好了，那乞丐要走了，人们问他的姓名，他便走到路南的茶馆里喝水去了。你们猜怎么喝？他躺在地上，张开嘴，从壶嘴里接了一滴开水喝……"

"哎呀，不烫？"

"不烫。"

"那就晓得是吕洞宾了？"

"你们想啊，上面一个壶嘴，下面一个人嘴，嘴，又叫什么呢？"

"口！"孩子们一齐说，"两个口……"

"中间还有一点水呢？"

孩子们"啊"了一声，拍着手笑了，都说有趣、有趣。

大人们没有那兴致，继续着那个沉重的话题：

"老街长，你看怎么办好呢？"

"怎么办怎么好，怎么好就怎么办吧。"老街长困了，打了个哈欠说，"大家要是觉得国家不该赔偿呢，就自己拆了，把那些古砖送回寺里；大家要是觉得国家应该赔偿呢，那个北京老头也放下话了，拆你一个旧猪圈，赔你一个新猪圈，拆你一个旧厕所，赔你一个新厕所……究竟怎么办好，大家再想想吧。呵，我要睡了。"

说完，回家去了。

　　待了一会儿，大人们也散了，低着头去想办法。

　　孩子们没有散，他们依然仰着头，静静地注视着那座古塔。明净的月光里，他们终于看清了，塔身上那一块块酥裂了的泥巴，竟是一幅幅美丽的图画：那是一头狮子，那是一只大象，那是一尊菩萨，那是一朵莲花……

老　底

辛未岁末，老底又要请客了，仍然是请"四大名人"。所谓"四大名人"，一个是老牛，县中医院的医师；一个是老赵，县京剧团的琴师；一个是老聂，县文物保管所的古建工程师；一个是我。老底称我们为"四大名人"，一半是抬举我们，一半是开玩笑的意思。

老底是个回民，生得又白又胖，天生一副好嗓子。早先没有固定职业，经常夹着一把菜刀给人操办酒席。他会做菜，也会应酬，懂得各种民间礼仪。市场一开放，自己开了个饭馆，卖酒、卖菜、卖牛肉饸饹，冬天有全羊锅子。他的饭菜干净实惠，我们有了客人，总是到他那里吃饭，慢慢成了朋友。

老底的饭馆在南大街上，门前有棵大槐树。门脸不大，门楣上方横着一块匾额，上写两个小字："清真"，三个大字："又一村"。前面是店堂，摆着几张餐桌，后面一溜儿三间小屋，是"雅座"。小屋粉刷得雪白，一间屋里挂着一幅国画儿："太白醉酒""八仙庆寿""渔翁垂钓"。淡墨褐笔，很是雅致。老底虽然不通文墨，求人墨宝，却是不惜钱财。他时常向人吹嘘，"又一村"三个字，是请省里一位书法家题写的，一个字一百块——那个"一"字也不例外！

老底爱热闹，逢年过节的时候，总要请我们到他的饭馆里聚一聚。他请我们没有别的目的，说是爱听我们说话。于是我们喝着他的酒，吃着他的菜，就不停地给他说话。老牛说扁鹊、说华佗，我说"竹林七贤""唐宋八大家"，老赵说梅、尚、程、荀、马、言、谭、奚。他最爱听老聂说话了，老聂不但对于县城里的文物和古迹了如指掌，而且晓得天安门是谁设计的。我们说话的时候，他插不上嘴，但是听得兴味盎然，听到稀罕处，轻轻拍一下掌，笑骂一句："妈的，你们真能叫唤！"（由于喜爱，他把我们比作鸟类了）然后到厨房里炒个热菜。酒到七分醉，唱戏。——老赵吃请时，总是夹着一把京胡。他唱花脸儿，唱《捉放曹》："恨董卓，专权，乱朝纲……"两句西皮原板，几句快板，别的不会。他唱完了，总得问问老底："兄弟，味道如何？"老底说："行，不错，过油肉味儿。"酒足饭饱，说笑一回。我们走的时候，他还要向我们表示感谢："各位大驾光临，小店四壁生辉，谢谢谢谢谢谢谢谢！"一直把我们"谢"到门外。

老底请我们，从来不在店堂，总是占"雅座"。那天晚上，我们到齐了，餐桌上已经摆好几个凉菜，一壶酒。老赵喝了三杯酒，拿起胡琴就定弦儿："来，恨董卓，恨完散伙，年底谁家没有一点儿事做。"老底说别慌别慌，赶忙去炒热菜。

我们和老底的友谊，已经到了可以互相"攻击"的程度。老聂望着那一桌丰盛菜肴，得了便宜卖乖，说："老底，你个酒保，总是巴结我们干什么？我们可是知识分子！"

"球！"老底也不客气，"知识分子有什么了不起？"

"哎，知识就是力量呀！"

老底出去了，拿来一瓶"剑南春"酒，朝桌子上一蹾，说："今天的酒钱谁拿？"我们一见那贵重东西，吓得咋舌，忙说囊中羞涩，囊中羞涩，老底说："这不得了，你们有知识，没力量。"我们听了拍手叫绝，仰面大笑！

确实是到年底了，我们都想早些散去，于是抓紧说话。可是老底不让我们说话了，他自己说。他说最近他在回忆一个传统席面——全羊席。那是一个盛大的席面，很多菜肴没人做了，他想一一拾起来。一只羊分三品：头、腰、尾，上、中、下，一品能做三十六道菜，做全了是一百单八道菜，一菜一味，百菜百味，清香酥烂、麻辣酸甜，尽在其中。我们问他都是一些什么菜，他眯着眼睛想了一下，说：

"烧羊头。"

老聂说他吃过。

"扒羊头。"

老赵说他见过。

"扒金冠。"

我和老牛听说过，但没见过。

"扣麒麟顶。"

我们都没听说过。

于是，他扳着手指，尽情地"叫唤"起来：烧羊头、扒羊头，是一般的菜；糟羊头、熏羊头，也是常见的菜。烧云子是烧羊脑，烧明珠是烧羊眼，县城里就少见了。"望峰坡"是什么？羊的鼻梁肉。"芙蓉顺风"是什么？羊耳朵。上下嘴唇儿也是一道菜："爆猩唇"。上下眼皮儿也是一道菜："明开夜合"。清汤燕窝没有燕窝，用羊的磨档肉。肉泥鱼翅也没鱼翅，用羊的扁担肉。辣子"鸡"不用鸡，糖醋"鱼"不用鱼，"蟹"黄肉丝、"蟹"黄肉片也不用蟹——全是瘦羊肉。全羊席的巧妙功夫，在羊头、羊尾、羊蹄、羊骨、羊脏腑，而不在羊肉。炖羊尾、溜尾球、蜜汁羊尾、拔丝羊尾，属羊尾；熘排骨、炸排骨、奶汤排骨、红烧羊背，属羊骨；烧肚板、烧肚仁、烧肚条、烧散丹、烧卖穗肚、套花肚块，全是肚子上的事；烧羊蹄、扒羊蹄、蒸羊蹄、烹羊蹄、干炸蹄花、烧假鱼翅，全是蹄子上的事。至于羊肉的做法，那就太多了：菠萝肉、枇杷肉、荔枝肉、葡萄肉、肉竹、肉蕉、肉枣、肉藕……洋洋洒洒，口若悬河，既说刀工又说火工。最后又让我们猜，扒金冠、扣麒麟顶是什么？我们猜不着，他把围腰一抖，到厨房里去了，一阵油爆勺响，端上两大盘菜，一盘通红，一盘金黄，那红的配着两朵小黄花儿，那黄的配着两朵小红花儿，热气腾腾，清香四溢。他指指那两盘菜，拍拍自己的脑袋，说：

　　"羊头，也是羊头，白毛羊头！"

　　说罢，望着我们笑了，显得既有知识，又有力量。

莲池老人

　　庙后街，是县城里最清静的地方，最美丽的地方。那里有一座寺院，寺院的山门殿宇早坍塌了，留得几处石碑，几棵松树，那些松树又高又秃，树顶上蟠着几枝墨绿，气象苍古；寺院的西南两面是个池塘，清清的水面上，有鸭，有鹅，有荷；池塘南岸的一块石头上，常有一位老人抱膝而坐，也像是这里的一个景物似的。

　　寺院虽破，里面可有一件要紧的东西：钟楼。那是唐代遗物，青瓦重檐，两层楼阁，楼上吊着一只巨大的铜钟。据说，唐代钟楼，全国只有四个半了，可谓吉光片羽，弥足珍贵。只是年代久了，墙皮酥裂，木件糟朽，瓦垄里生满枯草和瓦松。若有人走近它，那位老人就会隔着池塘喝喊一声：

　　"喂——不要上去，危险……"

　　老人很有一些年纪了，头顶秃亮，眉毛胡子雪一样白，嗓音却很雄壮。原来我不知道他是干什么的，后来文物保管所的所长告诉我，他是看钟楼的，姓杨，名莲池，1956年春天，文保所成立不久，就雇了他，每月四元钱的补助，一直看到现在。

我喜欢文物，工作不忙了，时常到那寺院里散心。有一天，我顺着池塘的坡岸走过去说：

"老人家，辛苦了。"

"不辛苦，天天歇着。"

"今年高寿了？"

"谁晓得，活糊涂了，记不清楚了。"

笑了一回，我们就熟了，并且谈得很投机。

老人单身独居，老伴儿早故去了，两个儿子供养他。他的生活很简单，一日三餐，五谷为养，有米、面吃就行。两个儿子都是菜农，可他又在自己的院里，种了一畦白菜，一畦萝卜，栽了一沟大葱。除了收拾菜畦子，天天坐在池边的石头上，看天上的鸽子，看水中的荷叶，有时也拿着工具到寺里去，负责清除那里的杂草、狗粪。——这项劳动也在那四元钱当中。

他不爱说话，可是一开口，便有自己的思想，很有趣味的。中秋节的一天晚上，我和所长去看他，见他一人坐在院里，很是寂寞，我说：

"老人家，买台电视看吧。"

"不买，太贵。"

"买台黑白的，黑白的便宜。"

"钱不够。"

"差多少，我们借给你。"

"不买。"他说，"那是玩具。钱凑手呢，买一台看看，那是我玩它；要是为了买它，借债还债，那就是它玩我了。"

我和所长都笑了，他也笑了。

那天晚上，月色很好，他的精神也很好，不住地说话。他记得那座寺院里当年有几尊罗汉、几尊菩萨，现在有几通石碑、几棵树木，甚至记得钟楼上面住着几窝鸽子。秋夜天凉，我让他去披件衣服。他刚走到屋门口，突然站住了，屏息一听，走到门外去，朝着钟楼一望两望，放声喊起来："喂——下来，哪里玩不得呀，偏要上楼去，踩坏我一片瓦，饶不了你……"喊声未落，见一物状似狗，腾空一跃，从钟楼的瓦檐上跳到一户人家的屋顶上去了。我好奇怪，月色虽好，但是究竟隔着一个池塘呀，他怎么知道那野物上了钟楼呢？他说他的眼睛好使，耳朵也好使，他说他有"功夫"。

我不知道这是一种什么"功夫"。他在池边坐久了，也许是那清风明月、水汽荷香，净了他一双眼睛、两只耳朵吧？

可是有一天，我忽然发现他死了。那是正月初三的上午，我到城外给父亲上坟时候，看见一棵小树下，添了一个新坟头。坟头很小，坟前立了一块城砖，上写："杨莲池之墓"。字很端正，像用白灰写的。我望着他的坟头，感到太突然了，心里想着他生前的一些好处，就从送给父亲的冥钱里，匀了一点儿，给他烧化了……

当天下午，我怀着沉痛的心情，想再看看他的院落。我一进门，不由得吃了一惊，他的屋里充满了欢笑声。推门一看，只见几位白发老人，有的坐在炕上，有的蹲在地下，正听他讲养生的道理。他慢慢念着一首歌谣，他念一句，大家拍手附和一声："吃饭少一口。"

"对！"

"饭后百步走。"

"对！"

"心里无挂碍。"

"对！"

"老伴儿长得丑。"

老人们哈哈笑了，快乐如儿童。我傻了似的看着他说："你不是死了吗？"

老人们怔住了，他也怔住了。

"我在你的坟上，已烧过纸钱了！"

"哎呀，白让你破费了！"

他仰面笑了，笑得十分快活。他说那是去年冬天，他到城外拾柴火，看中那块地方了。那里僻静，树木也多，一朝合了眼睛，就想"住"到那里去。他见那里的坟头越来越多，怕没了自己的地方，就先堆了一个。老人们听了，扑哧笑了，一齐指点着他，批判他：好啊，抢占宅基地！

天暖了，他又在池边抱膝而坐，看天上的鸽子，看水中的小荷……

有人走近钟楼，他就喝喊一声：

"喂——不要上去，危险……"

他像一个雕像、一首古诗，点缀着这里的风景，清凉着这里的空气。

清明节，我给父亲扫墓，发现他的"坟头"没有了，当天就去问他：

"你的'坟头'呢？"

"平了。"

"怎么又平了？"

"那也是个挂碍。"

他说，心里挂碍多了，就把"功夫"破了，工作就做不好了。

老　曹

　　不知是什么时候留下的风俗，县城里的元宵年年是正月初七早晨上市，正月十五掌灯落市，一共卖九天。可是这一年，人们刚刚吃过"腊八粥"，大街上就有了几个卖元宵的摊子。那元宵颜色鲜亮，个头儿匀实，不像手工"摇"的，很像模子扣的，三十二个准是一斤。我问一个卖元宵的姑娘，这是谁家的元宵？姑娘说是曹家的元宵。我又到别的摊子上问了问，也说是曹家的元宵——他们是庙后街的农民，谁也不会做元宵，老曹是他们的技术指导，不能埋没了人家的字号。

　　我想了一下，不由得笑了——他们说的竟是"瞎子"老曹。

　　老曹是副食品工厂的退休职工，退休前看大门。我家紧挨那个工厂，那时经常借用他们的电话，我们就熟了。他瘦得像只虾米，戴一副近视眼镜，摘了眼镜，眼睛是个坑，什么也看不见。他整天坐在收发室的小窗后面，负责收发报纸信件，电话铃响了，叫人；也负责一个清洁区，也卖邮票，兼做安全保卫工作（晚上关大门，早晨开大门）。没事干了，站在门口看街，或是坐在屋里喝茶——夏天喝青茶，冬天喝花茶，很是逍遥。

这个工厂不大，内部斗争却很复杂，不断更换厂长。我打完电话，有时也想打听一下工厂的情况，可是一开口，他便看看窗外，给我倒一杯茶说："喝茶，喝茶，茶不错。"

老曹从不论人是非，只管做自己的事，喝自己的茶。无论谁当厂长，对他印象都很好，年终评模范，人们争持不下，有人就提他的名字。于是皆大欢喜，大家夸他，他便擦着眼镜谦虚一句："瞎干，瞎干。"他年年弄个小奖状，到了退休年龄，就退休了。

在我印象里，老曹是个一无所长的"模范"，自从有了这个工厂，好像就是看大门的。那天我从一个卖元宵的小贩口中才知道，公私合营前，他是有买卖的，名叫"顺兴号"，他不但会做元宵，还会做糕点、酱菜、中秋月饼。

曹家的元宵做得好，买卖也做得"俏"。春节前，副食品工厂的元宵还没上市，他们卖白糖馅儿元宵；春节后，副食品工厂的白糖馅儿元宵上市了，他们卖豆沙馅儿元宵；副食品工厂有了豆沙馅儿元宵，他们又卖红果馅儿元宵、什锦馅儿元宵、巧克力馅儿元宵（用巧克力粉做的）。他们的买卖好极了，白天卖，晚上也卖，后来他们又出动了几辆三轮车子，到"四关"卖，到火车站卖，到石家庄郊区卖，卖得他们人困马乏，眉开眼笑……正月十五擦黑，县城里又热闹起来了，满街是灯笼，到处放着烟花，卖元宵的掀起了最后一个高潮。老曹也出来了，他不守摊子，笑眯眯地站在买元宵的人们身后，像个顾客，又像一个视察工作的首长。人们一挤，他的眼镜不见了，我看见他蹲在地上摸了半天，也没摸到。我笑着走上前去说："曹师傅，过年好啊？"

"好啊好啊。——你也来了？"

"来了。"

"你是谁呀？"

"仔细瞧瞧。"

他努力看了看我，突然对卖元宵的姑娘喊道：

"喂，拿些元宵，叫厂长尝尝！"

他把我看成厂长了，真是瞎得可以！

智 县 委

小时候，我是很淘气的。一到晚上，我和我的伙伴们就欢了，打蝙蝠、掏麻雀、捉迷藏，古老的府前街就变成了我们的天下。

因为淘气，认识了县委书记。他姓智，那时人们不叫他智书记，而是叫他智县委。打戏院门口的电灯泡玩儿，看谁能打中。我正瞄准，忽然有人揪住我脑后的小辫儿，伙伴们立即就跑散了。扭头一看，揪我小辫儿的是个生人，中等个儿，白净脸儿，穿一身灰军装，戴一副眼镜。我挣脱他的手，撒腿就跑，他一把又揪住我的小辫儿，揪得好疼。我骂他的娘，他也不理睬，终于把我揪到父亲面前去了。

"这是你的小孩？"生硬的外地口音。

"噢，是我的孩子。"父亲是个买卖人，开着一个杂货铺，一向胆小怕事。一见那人，赶忙捻亮罩子灯，显得很惊慌：

"智县委，请坐……"

我也一惊，他就是智县委！

智县委没有坐，眼睛忽然盯住桌上的一片字纸。那是我写的一篇大楷：

一去二三里　烟村四五家

亭台六七座　八九十枝花

"哪个写的？"他问。

"他写的。"父亲指指我说，"瞎画。"

他立刻瞅定我，脸上竟然有了喜色，眼镜也显得明亮了：

"几岁了？"

"十岁了。"

"十岁了还留小辫儿？"

父亲赶忙解释："当地的风俗孩子们留小辫儿，要留到十二岁，成人。"智县委听了哈哈大笑说：

"好哇，那就留着吧！"

智县委夸了一番我的毛笔字，就和父亲说起话来。他问父亲的年龄、籍贯，又问这个小铺多大资本，生意如何，纳多少税。我站在他的背后，并不注意他们的谈话，眼睛一直注视着他的衣襟下面露出的那块红布——那是一个盒子，真家伙！

他和父亲谈着话，忽然仰着头，望着货架子说：

"怎么，连个字号也没有？"

"没有。"父亲笑着说，"小本买卖，还值得立字号？"

"怎么不值得？"智县委好像生气了，脸色红红的，说，"城里买卖家，哪个没字号？'亨茂号''文兴成''荣泰昌''广顺正'，都有字号嘛！你也赶快立个字号！"

父亲想了一下，说："叫'贾家小铺'？"

"不好，小气！"

"叫'万宝店'？"

"也不好，俗气！"

父亲就笑了："智县委赏个名儿吧！"

"'复兴成'，怎么样？共产党保护民族工商业，一切都要复兴的，你也要复兴嘛！"

父亲说好，行，不错。

智县委走了。父亲茫然如做梦，问我做了什么事，怎么把他引来了？我把我们打戏院门口电灯泡的事情告诉了父亲，父亲摇摇头，叹口气，大惊小怪地说：

"哎呀，你这个孩子，今天是沾了那几个毛笔字的光了！"

父亲说，那座戏院，是智县委心上一朵花儿，谁也妨碍不得。每天一散戏，他就出来了，朝戏台上一站，眼镜子亮闪闪地望着观众散去，谁在座位上踩一下，都不行，你们敢打他的电灯泡儿？

我笑着打断父亲的话："什么叫立字号呀？"

"立字号，就是挂一块匾。"

"咱家挂不挂？"

"不挂还行，不挂交代不了智大炮……"

"智大炮？"

"小孩子家，少打听。"父亲笑了笑，什么也不说了。

不多几日，父亲便请人书写了一块匾额，挂匾那天，还在"小南楼"饭庄请了客。

后来我才知道，智县委对买卖家的要求是很严格的，脾气也很暴躁。他不但要求买卖人做到"秤平斗满，童叟无欺"，而且还有许多不成文的规定：夏天不搭凉棚不行，门口不设"太平水缸"不行，没有字号也不行……谁家不按他的要求去做，就把掌柜的叫到街上，当众吹一通。买卖人都很怕他，暗地里叫他"智大炮"。

买卖人怕他，心里又很敬重他。有一天，我看见一个胖胖的、歪戴着帽子的醉人，从周家烟摊上拿了一盒"大婴孩"香烟，说是"赊账"。周掌柜不认识他，刚刚说了一声"不赊账"，醉人口里便冒出一句惊人的话：

"老子打过游击！"

话音刚落，智县委刚好走到这里，啪啪就是两个耳光！醉人急了，拍着胸脯大叫：

"好哇，你敢打……"

认清是智县委，放下香烟，赶紧走了。买卖人哈哈笑着，故意说：

"智县委，你们八路军，可是不兴打人呀！"

"这种东西不是人！"

"他喝醉了……"

"我也喝醉了！"他说。

智县委虽然脾气暴躁，但我一点儿也不怕他，心里很喜欢他。自从他到了一次我家铺子里，我总觉得他好像是我家的一个什么亲戚。上学放学的路上，我总是注意着穿灰军装的人，希望天天碰到他。偶尔见他推着车子从街上走过，我就赶上前去，亲切地叫一声：

"智县委！"

"啊，一去二三里！"他不晓得我的名字，总是喊我"一去二三里"。

但是，这个"亲戚"，后来再也没有到过我家铺子里，我也很少听到他的消息。

寒假里，刚刚下了一场雪，街上冷清清的，没有人买东西。我正趴在柜台上写大楷，一个青年来买松花，买二十个。父亲看看玻璃缸里，只有十来个松花了，便说："买那么多？"

"有多少要多少吧！"青年笑着说，"前天晚上，智县委来买松花，没有敲开你家的门。今天我想多买几个，给他预备着。"

"你是……"

"我是他的通信员，叫小马。"小马说，"智县委睡觉前爱喝两口酒，最喜欢吃松花。"

我想起来了，正是下雪的那天晚上，父亲正在灯下"碰账"，外面有人啪啪地敲门，父亲没有理睬。又敲，父亲便一口吹灭了灯……

"那是智县委？"父亲吃惊地望着小马。

小马笑着点点头。

"我不信。"父亲摇摇头，也笑了，"半夜里，那么大雪，他来买松花，你干什么？"

小马说：

"黑夜里买东西，他总是自己去，从不使唤我们。买到就买，买不到就回去。他怕我们狐假虎威，打扰睡下了的买卖人。"

从那以后，不管天多晚了，只要听到敲门的声音，父亲就赶紧起来去开，但是哪一次也不是智县委——智县委调走了。

他走了，好像是在一个春天，满街古槐吐新芽儿的时候。

他走了，多少年后，这里的百姓们还时常提念他。有人说他是山西人，有人说他是陕西人；有人说他没有上过学，也有人说他是大学毕业。至于他的政绩，百姓们看到的自然都是小事，不是大事。无非是说，智县委在时，夏天街里有凉棚，冬天路上无积雪，到处都干净，买卖人都和气，卷子蒸得个大，烧饼上的芝麻也稠。就连菜摊上的小葱、黄瓜、水萝卜，也一堆是一堆、一把是一把，红的红绿的绿，洗得鲜亮放得整齐。只有我父亲，在公私合营的时候，短不了皱着眉头埋怨他两句：

"你说老智非让立个字号干吗？'小南楼'请客，白花钱！"

书　橱

　　冯老师退休了，念他执教三十余年，又是高级教师，领导在他六十寿庆的时候，给他解决了一套房子：四单元，二楼，三居室。

　　冯老师原来住在一条偏僻的小胡同里，一个独院，三间旧屋，是他的祖业老宅。儿子结婚前，他和老伴儿住东屋，一明两暗，儿子住西屋；儿子结婚时，两间东屋让给了儿子，自己去住西屋。校长、局长每次看望他，都说他的房屋太小了，他却总是笑着说："室雅何须大，花香不在多。不小不小。"

　　冯老师在老家居住时，大家都可怜他的房屋过于狭窄，迁入新居后，就更可怜了：一张桌子，两把椅子，一个立柜，一张床，三间屋子空空荡荡，看不见什么东西。孩子们看着不像话，都劝他做几件家具：两个女儿让他做个尺寸大一些的写字台，再做几个书橱；儿媳妇希望他做一对沙发，一张席梦思床，一套时兴的组合柜。儿子迷着两个歌星，不操这份心，只说父亲想做什么就做什么吧。

冯老师想做几个书橱。他一辈子没有别的嗜好，吃穿也不讲求，就喜欢买书。文、史、哲，儒、释、道，诸子百家，唐诗宋词，见书就买。他说财帛是身外之物，唯有把书读在肚子里，终生受用不尽，大则用以济世，小则可以修身。他爱书如命，家中一切东西，都可外借，唯有藏书一概不借——他有一套心爱的书籍，共十册，忘了是谁借去一册，至今未还，每到夜深人静的时候，便想此人是谁，苦苦想了两年。藏书不借，又不断买，日积月累便有了可观的数目。只是这么多年，由于房子太小，也委屈了那些先哲时贤：桌上桌下，床头柜顶，全是书籍！

太平街的张木匠听说冯老师要做书橱，主动找上门来，一定要揽这宗活儿。他一再表示：价格优惠，质量第一，尺寸式样，全听冯老师的。

冯老师根据屋子大小，经过一番精心设计，决定做四个书橱。每个书橱高一点九米，宽零点九五米，上面是四层书架，下面设暗橱，紫檀色，大开扇，铜环拉手，扇子上"起线"，暗橱上"起鼓"，腿上饰以空雕花沿儿——不用亮油，一定要用大漆。

冯老师要做仿古书橱，张木匠的兴致更高了。张木匠是祖传的手艺，曾经在一个京剧团里做过几年布景道具，专爱琢磨古色古香的东西。冯老师也算是地方名流，正好露一露自己的手艺。可是，正要下料，冯老师让人捎来口信：不做了。

张木匠若有所失，当天黑夜去找冯老师。冯老师不在新居，正在老家整理书籍。张木匠声音柔柔的，近于乞求。他说冯老师，料都下好了（其实还没下料），怎么又不做了呢？做吧，质量、价格，保你满意……冯老师摇摇头，笑了笑，朝东屋一指，没有言语。张木匠走到院里，东屋里开着收录机，正放一支流行歌曲。歌星的嗓音很低，两口儿说话的嗓音也很低：

"你真的支持咱爹做书橱？"

"做就做，不做就不做。"

"做书橱干吗用？"

"放书呗。"

"他有什么书？"

"嗬，多啦。"儿子说，"有孔子、孟子的书……"

"封建！"

"有佛教、道教的书……"

"迷信！"

"还有马列的书……"

"极左！"媳妇说，"咱爹死了，他做的书橱归谁？"

"自然是归咱们。"

"咱们要那玩意儿干吗用？"

"你问过多少遍了？"儿子好像不耐烦了，"盛碗！"

冯老师不做书橱了，也不藏书了。青少年们向他借书，他都乐于借给，并且一再嘱咐不用还了。青少年们感到奇怪，他便笑着念一首打油诗：

老夫藏下几本书，
哪个喜欢哪个读；
但愿身前散干净，
免得书橱变碗橱。

门　铃

夏局长家安着个门铃。轻轻一按，叮咚作响，奏一曲电子音乐，十分好听。可是，那悦耳的声音一响，老夏就要把脸一沉，小声说一句：

"麻烦！"

总是老伴儿去开门。

老夏本来不会做官，只会作画儿。他做梦也没想到，机构改革那年，一定要让他当局长。组织部门和他谈话，他总是说干不了，最后惊动了县委书记。县委书记有文才，也有口才，先讲改革的意义，又讲人生的价值，最后引用了古人一句话：天地生才有数，若有济世之才，竟自遁世，岂不辜负了天地生才之心吗？老夏被感动了，但是仍不明白，自己除了画画儿，究竟有什么才能？后来才知道，那时配备领导班子，大学生要占一定比例——他有浙江美术学院的文凭。

老夏领导的局没有经济任务，压力并不大。上班谈工作，他不怕，吹拉弹唱，画画儿照相，指导民间艺术，保护文物古迹，他都不外行。他最怕下班回家，最怕门铃响。

老伴儿刚刚做好饭，门铃响了，是下属单位的一个女会计："夏局长，你说吧，我和老崔谁的贡献大！"他知道，评工资关系着每个人的切身利益，自己虽然上过大学，但不知道怎样回答这样的问题，只好说都大都大。刚刚送走女会计，门铃又响了，是老崔。老崔是老同志，怠慢不得，赶忙拿烟、沏茶。老崔不吸烟，不喝茶，黑着脸摆贡献，从抗美援朝一直摆到改革开放……

评工资不结束，门铃天天响。后来不评工资了，门铃响得更频繁——评职称开始了。星期天，刚刚铺下一张宣纸，想画一幅画儿，门铃响了，是老杜、小胡和小吴。小吴要求评"初职"，小胡要求评"中职"，老杜要求评"高职"，人人都有充足的理由。老夏说，评"初职"没问题，评"中职"要争取，评"高职"得会一门外语。老杜便急了，他说他会外语——八格牙路咪希咪希不是外语？老夏便笑了，耐心告诉他，那不算会外语。老杜也笑了，原来他知道，那不算会外语。

评过职称，门铃声仍然不断，白天响，晚上也响。有要求调动工作的，有要求安排子女的，也有嘴上说什么事情也没有，其实是想要个一官半职的。老夏明知不能有求必应，但是答复一定得圆满。于是，有时需要金蝉脱壳，有时需要顺水推舟，有时需要大智若愚……他把"三十六计"至少发展到了四十八计，仍然有的满意，有的不满意。满意了的千恩万谢，不满意的指桑骂槐——当然，送一条烟，送两瓶酒，也是有的。送礼的刚刚走了，叮咚叮咚，又来了告状的……

老夏好静，早就厌烦了这种生活。客人一走，他便收了笑容，又对老伴儿说一句：

"麻烦！"

"麻烦什么？"

"天天有人！"

"人世界，能没人吗？"老伴儿总是这么说。——她是站柜台的，天天和人打交道，惯了。

老夏的门铃响了七八年，终于不响了。领导上根据他的请求，免去了他的局长职务，让他当了调研员。领导上一再声明，不是老夏同志犯了错误，而是为了给他腾出时间，让他集中精力为人民创造更多更好的精神财富。

老夏当了调研员，老伴儿也很高兴。老夏每天到局里晃一下（不晃也行），就可以回家了，除了看书、画画儿，还能做做家务活。她每天上班时，总要给老夏交代一些任务：

"该添火了记着添火。"

"水开了倒在暖瓶里。"

"中午喝粥也行吃面也行。"

老夏欣然答应着。除了完成老伴儿交代的任务，他还种了两盆花草，养了一缸金鱼，每天把屋里收拾得几净窗明。然后坐在窗前，看书、画画儿，有时还读几句诗。他爱读这样一首诗：

"吾心似秋月，碧潭清皎洁，无物堪比伦，更与何人说……"

可是，这样过了不到半月，他便坐不住了。他爱画画儿，哪能天天画画儿？他爱读书，也不能总是读书。楼道里一有脚步声，他便凝神细听，等候着那个悦耳的声音。脚步声消失了，门铃终于没有响。

一天，他望着门铃，对老伴儿说：

"拆了它吧。"

"为什么拆了它？"

"又不响。"

"拆了更不响，安着吧。"

门铃没有拆去，但是总也不响。小吴和小胡，怎么也不来玩一会儿呢？他卸任的时候，小吴、小胡曾经充满感情地说：

"夏局长，你在职时，我们不便多去看你；现在好了，你不在职了，我们可就去得勤了，你可别嫌麻烦……"

他呆呆地坐着、想着，门铃忽然响起来了，叮叮咚咚，清音绕梁，无比新鲜，十分美好！开门一看，不由得大失所望，是老伴儿回来了。他问：

"没带钥匙？"

"带着哩。"

"带着钥匙还按门铃？"

"你不是嫌它不响吗？"老伴儿笑着说，"我给你闹个动静儿。"

老伴儿看出了老夏的心情，近来话也多了，笑也响了，努力活跃家庭气氛，改善老夏心情。

以后听见门铃响，老夏便不理睬了。响了两遍，老伴儿用钥匙打开屋门，走到老夏跟前说：

"没听见？"

"听见了。"

"听见了怎么不开门儿？"

"我知道又是你！"

"知道是我更该积极开门儿。"

老夏精神不好，身体也不如以前了，胸闷、厌食、嗜睡，吃了几盒山楂丸，也不见效。一天傍晚，他正蒙头昏睡，门铃又响了，猜想是老伴儿，便不理睬。门铃响了好几遍，听见有人问：

"夏局长在家吗？"

是个女的，北京口音！

老夏立刻爬起来，从头顶到脚心，浑身热乎乎的。是小胡吧？小胡是北京人。小胡虽然没有评上职称，住房问题却是自己在职时解决的。不是小胡，小胡是男的，不是女的。是小燕？小燕不是北京人，但说普通话。这孩子很聪明，自己在职时，培养她当了会计。也不像小燕，小燕才二十多岁，那声音有些老。莫是戏校的宋校长？性别、年龄都对，声音也像……

老夏深深感动了。人们都说宋校长恃才傲物、孤芳自赏，平常很少与人来往，想不到自己离职后，头一个来按门铃的竟是她！

老夏用毛巾擦了擦脸，赶紧去开门。定睛一看，不由得嚷了一声：

"唉，又是你！"

老伴儿笑着撇起京腔来了：

"不是我是谁呀？莫非另有相好的吗？你呀，有麻烦嫌麻烦，没了麻烦也麻烦，你还'吾心似秋月'哩！"

放下菜篮，又说：

"洗菜，炸酱面！"

说罢，小围裙一抖，系在腰间，到厨房里和面去了。

老夏洗着菜，回想着老伴儿的表现，身上顿觉一阵清凉，胜吃山楂丸。好个老伴儿，处上不晕，处下不卑，忙乱心不烦，清闲心不寂，她的心才是清静如碧潭，皎洁似秋月呢！

老夏吃了三碗炸酱面。

水　仙

　　每年冬天，我都要养一盆水仙。"小雪"前后，把两颗鳞茎用水泡了，春节正好开花。我养的水仙叶茂花荣，那花盆也很考究：细瓷黑釉，三条粗壮的腿，整个造型像一块树根。这个花盆，以及每年的鳞茎，都是小丁送我的。

　　小丁是个企业家，他领导的工厂，是电子行业中的著名厂家。原先我们见了面，只是点一下头，并无深交。有一年冬天，一个下雪的晚上，他拿着一堆稿子，突然找到我家里。他说他用业余时间，写了一些诗，请我指点一下。我翻了翻那堆稿子，全是古体诗，我说："准备发表？"

　　"不，现在的刊物不要古体诗。"

　　"那你写它干什么？"

　　"玩呗。"他笑了一下说，"我们这些整天和机器打交道的人，心里也该有几首诗。真的，心里有了诗，就像炎热的夏天，头上有了一片树凉；就像寒冷的冬天，屋里养了一盆水仙。"

小丁三十多岁，谈吐举止，不像一个厂长，倒像一个文人。初次交谈，他没有表示多少热情，也不显得生疏，好像和我神交已久了似的。我留下他的诗稿，答应看一看。

一天晚上，我拿着他的诗稿，到他家里谈意见时，看见他的桌子上真的养着一盆水仙。他屋里并不暖和，但那水仙已抽出一把芽子，一片鹅黄，夹着翠绿，十分精神！我说："啊，真好看！"

"老师也喜欢它？"我虽然只会"论"诗，不会作诗，但他对我却以师礼相待了，一口一个"老师"，叫得很亲切。

我点点头，他一定要把那盆水仙送给我。我不肯收，他想了一下说：

"这样吧，明年我买水仙时，一定给老师捎一盆儿！"

第二年冬天，他果然给我送来一个花盆，两颗鳞茎，同时又放下几首诗。我想留他吃顿饭，他不肯，他说明天要来两位日本客人，进行商务谈判，他得回去准备准备。

自从有了这盆水仙，我们便有了不断的联系。晚上，夜深人静时，他常常给我打来一个电话："老师，我是小丁。"

"呵，听出来了。"

"发芽了吗？"

"发了。"

"发了几个？"

"六个。"

"精神吗？"

"精神得很，像一组诗。"

"我的诗看了吗？"

"看了，像一盆水仙。"

"记着换水，别烂了根子。"

后来，我们之间像是有了一种感应，我一想念他，电话铃就响了："老师忙什么？"

"看水仙。——最近没写诗？"

"顾不上啊！"

"忙？"

"我们也疲软！"

他却放声笑了。他笑得很响亮，充满一种战胜寒冷、克服困难的信心和力量，风格似水仙。

一连几年，几乎是在一定的时间，他总要送我一盆水仙。我把它养在屋里的窗台上，让暖和的阳光照着它，让树上的小鸟歌唱它，让漫天大雪做它的背景。它长大了，翠绿的叶子，洁白的花朵，以及小丁晚上的电话，给我晚年的生活增添了不少乐趣。

只有一年，那是前年吧，眼看到了"大雪"，小丁还没露面。我心里有些急躁，对老伴儿说："这个小丁，什么时候了，还不送水仙！"

老伴儿哧地一笑，说："人家小丁该你水仙？"

"'季布无二诺，侯嬴重一言'，他是懂诗的呀！"

就在当天下午，我收到一封电报，是小丁从浙江拍来的。电报内容是，他出差水仙之乡，半月方归，今年的水仙已在途中培养，嘱我勿念。我把那电报念了又念，好像看见那盆水仙，带着江南的营养，已是满盆新绿了！

一盆水仙，给我带来了快乐，也给我招惹了一些麻烦。街上的人们遇到有求于小丁的事情，便来跟我说。例如，谁家办喜事，想借一辆轿车；又如，谁家的孩子在车间干累了，想朝科室活动活动。我告诉他们，我和小丁不是那种交情，他们不信，便在背后埋怨我不肯助人，甚至招来一些咒骂。

有一年，大年三十的下午，我和老伴儿贴上对子，打扫干净院落，老伴儿忽然对我说："正月里，咱也请请客吧！"

"请谁？"

"请小丁。"她说她有个侄儿，在机械厂工作，那个厂越来越不景气，想往小丁那里挪一挪。小丁胃口大，刚刚吃了两个工厂，听说要成立"企管办"了，正是添人的时候。

我说："往年可没请过小丁呀！"

"孩子已把请客的东西拿来了，你就破破例吧！"

我正犹豫，电话铃响了，猜想是小丁，果然是小丁："老师，花开了吗？"

"没哩。"

"街上的爆竹响了！"

"听见了。——你的开了吗？"

"我的也没开，也快开了，就要开了……啊，开了开了！"

我仿佛看见，一个花苞，在喜庆的爆竹声中，倏地一爆，在他案头灿烂地开放了。恰在这时，我的花盆里也有个花苞咧了嘴儿，雪白的花瓣儿，嫩黄的黄心儿，吐着淡淡清香，向我展开新春的微笑。我赶忙告诉他：

"我的也开了！"

我们都笑了。

那年正月，我没有请小丁。不但没请小丁，我还做了一个似乎不近人情的规定。我不许任何人在我屋里吸烟喝酒，也不许家人在我屋里吃饭，因为我的窗台上，盛开着一盆清丽动人的水仙花。我怕那烟雾酒肉，熏了它，醉了它，腥了它。

担 水 的

　　老魏是个担水的，一条担杖两只木筲，是他吃饭的家当。

　　那时没有自来水，城里的每一条街道上，有两眼公用水井，每天早晨和黄昏，井台上就站满了人，有担水的，有抬水的。那些没有劳力的人家，或是有劳力，自己懒得担水、抬水的人家，就雇一个担水的，一担水二百钱（旧币，等于现在二分钱）。担水也是一种职业。

　　老魏在西大街担水。西大街路北里，有一眼古井，东北两面是人家的墙壁，西南两面，短墙环绕，亭台似的；井台上青石墁地，井口的石头上，有两道深深的沟，是井绳和岁月留下的痕迹。——井很深，水也甜，老魏就从这里打水。

　　老魏高大身材，重眉大眼，脸上有一些络腮胡子；夏日赤膊，冬天穿一身薄薄的黑布棉衣，肩上总是搭着一块抹布似的手巾。他的年岁不小了，可是气力很充足，干活利落又热闹。朝井里"放筲"的时候，手不挨辘轳把儿，任那辘轳自己欢快地旋转着：格啦格啦格啦格啦，筲到水面了，用手把井绳猛地一逮，一摆两摆，扑通一声，一筲水就灌满了。担起水来，眼睛显得更大了，虎视眈眈的，一副奋勇向前的模样……

老魏供应着许多人家吃水，除了西大街，府前街上也有雇他担水的。有一年夏天，我家房东也想雇他担水：

"老魏，给我担水吧，一天十担。"

"十担？"

"浇花儿，近，钱不少给。"

我家房东是个财主，土改的时候，"愿"了不少房屋，保留下一座小花园儿。那座花园儿就在井台对面，里面有一座假山，种着一些花木。老魏想了一下，不干，他说他只伺候人，不伺候花儿。

老魏依然给人们担水，路近的二百钱一担，路远的也是二百钱一担。

吃老魏的水，不用付现钱，十天结算一次也行，半月结算一次也行。谁家雇他担水，他便扔下一句话：

"账，你记吧！"

"你也记吧，以防差错。"

"错不了，一个凉水！"他说。

老魏没有账簿，用户也没有账簿。所谓记账，就是他担一担水，用户拿粉笔画一道杠儿，有的画在墙上，有的画在树上，有的画在水缸上。结算完了，擦掉，重画。

夏日的中午，我们放学回家的路上，经常碰见他担水。我们一嚷口渴，他就把担子放到一个树凉里，让我们喝水。我们喝足了，他就把那担水泼掉了，再去打一担。我们谢他，他呵呵一笑，还是那句话：

"不谢不谢，一个凉水！"

他所卖的，好像不是力气，只是凉水。

老魏除了担水，还管给人捞筲。那些自己担水、抬水的人家，不小心把筲掉到井里了，就去请老魏。他有一副捞筲钩子，形状像船上的锚，系在一条绳子上。井台上不忙了，他就把那捞筲钩子抛到井里，手握绳端，慢慢地打捞。那也真是一种技巧：闭着眼睛，屏着气息，一会儿捞上一只，一会儿捞上一只——那些沉落井底一两年的铁桶、木筲，也出人意外地重见天日了。他把它们捞上来，用水冲洗干净，打满水，一字儿摆在井台上，等待失主认领。失主们给他钱，他不要，一定要给，他就急了，嚷，我是担水的，担水的不挣捞筲的钱！

如果给他一点儿吃的，他就要了。

老魏没有妻室，没有拖累，净吃好的。他天天早晨坐在麻糖铺里，吃麻糖、喝豆浆，中午吃马蹄儿烧饼、喝豆沫。他最爱吃马蹄儿烧饼了，一买就是五六个。那些游手好闲的人（那时叫作懒婆懒汉），看见他吃马蹄儿烧饼，就说：

"老魏，你的生活倒不错呀！"

"是，"他说，"咱们城里头，遍地是马蹄儿烧饼，你得卖力气！"

他相信自己的力气，更敬重那眼水井。每年腊月底，他总要到我父亲的小铺里，买一张黄纸，一支高香，一对蜡烛。他把那黄纸在柜台上裁了，让我父亲洗了手，写几个毛笔字："井泉龙王之神位"。除夕把那神签贴在辘轳石上，焚一支香，点一对蜡烛，摆一些供果。黑暗里，那香着得欢欢的，像一朵静静开放的莲花……

担水的没有行会，但是到了除夕，他们都会这么做的，像粮行供奉火神，药行供奉药王，木匠行供奉鲁班，理发行供奉罗祖。

可是，后来人们不雇担水的了，全是自己担水吃，或是抬水吃。原因是解放好几年了，雇人担水，像雇"洋车"一样，有压迫、剥削劳动人民的嫌疑。

老魏不担水了，井台上显得冷清了许多，再也听不到那欢快的格啦格啦的声音了。

卖 小 吃 的

我小的时候，我们的县城里有许多卖小吃的，布篷小摊，肩担小贩，到处都是。那时的小贩都会吆喝，至今我还记得他们的声音。

早晨，街上还很安静的时候，卖饼子的出来了：

"卖饼子，热乎饼子……"

他们推着小车，到处吆喝着。有卖棒子饼子的，有卖黍米饼子的，也有卖扁豆饼子、枣饼子的，这里一声，那里一声，像鸡打鸣，弄得早晨更像早晨，古城更像古城。

观前街的李掌柜，出来得晚一些。那是一个干净、随和的老头儿，太阳出来了，他才推着小车自东向西而来。小车上放着一个笸箩，笸箩上盖着一条被子，车头上立着一根筷子，筷子上扎着一个饼子——那是"幌子"。他卖棒子饼子，有时也卖一点儿枣饼子，他做饼子不用本地棒子，年年要雇几辆大车，到山里买棒子。那是春棒子，一年只种一茬，棒子熟了也不掰，在秸秆上"养"着，一直"养"干。这种棒子做的饼子，又香又甜，又顶饥。一些买卖家都吃他的饼子，我家也吃他的饼子。

他走得很慢，吆喝起来，清亮平和，用字也很俭省：

"饼子——"

小十街一声，大十街一声，府前街口一声，一笸箩饼子就卖完了。

冬天的早晨，还有两个卖山药的，好在背街吆喝：

"山药，热山药……"

一个苍老，一个稚嫩。

一天早晨，下着大雾，一个卖山药的推着小车过来了。那是一个半大孩子，欢眉大眼，瘦骨伶仃，衣服又薄又破。小车一放，尖尖的一声吆喝，几个妇女拿着小筐，挎着小篮，就被招了去：

"小白，今天的山药，面不面呀？！"

"嘿，面的我娘不让卖！"他说。

妇女们买了，一尝，乱说："哎呀，面什么呀，水蔓子山药！"

"你不是说，面的你娘不让卖吗？"

"是呀是呀，面的，我娘不让卖——省着哪！"

妇女们哈哈笑了，小白也是一脸的坏笑。

小白夏天卖甜瓜、卖菜瓜，冬天卖山药。他走到哪里，哪里就有欢笑声……

那位老的，我一直没见过。

晚上也有卖小吃的，大街上有卖烧卖的，有卖卤鸡的，戏园门口有卖馄饨的，但是都不吆喝。人们经常听到的，是老底那个大劈拉嗓子：

"酱牛肉，热烧饼，牛肝、牛肉，还有牛蹄筋儿啦！"

老底是个回民，长得膀大腰粗，像关帝庙里的周仓。他天天黑夜背着一只箱子，提着一盏灯笼，满城转悠。他是南门里街人，土著，可是吆喝起来，你猜怎么着？京味儿，地道的京味儿！

吆喝声最稠密的时候，自然是白天了。十一点钟以后，大十街、学门口、隆兴寺门前、阳和楼底下，以及四个城门洞里，到处都有吆喝的声音。有本地口音，有外地口音，有的悠长，有的急短：

"豆腐菜，开锅的豆腐菜！"

"素卷儿，焦热哩，素卷儿——"

"饸饹，大碗饸饹，五百钱一碗！"

"卖凉粉儿，芥末凉粉儿，不凉不要钱儿呀……"

短短一声吆喝，内容是多么丰富啊：有形象，有价格，还有保证。听着他们的吆喝声，不吃也能想见食品的色、质、味。

也有不这么吆喝的，卖豆沫的聋子就不这么吆喝。聋子不像是个买卖人，大高个子，笨手笨脚，一脸的呆相。他的摊子总是挨着一个打烧饼的——吃烧饼喝豆沫，方便。那豆沫做得却很讲究：水粉米、磨成浆，下锅熬，放海带丝、粉条头、大黄豆，喝着光滑、细润、清香，有一点儿淡淡的五香面味儿。他不善于吆喝，也不重视吆喝，看见有人买烧饼，他那两只大眼才呆呆地盯了人家，冷不丁一句，冷不丁一句，没有修饰，没有夸张，豆沫就是豆沫，喝不喝在你："豆沫！豆沫！豆沫！"

可是，喝豆沫的人，却也不少。

要说吆喝得最有特点的，当属两位：一位是南大街的王小眼，一位是我们街的翟民久。一个卖煎糕，一个卖包子。

我刚记事的时候，王小眼就在大街卖煎糕：一副担子，一头是火炉、鏊子，一头是一只箱子，里面装着蒸好的糕，现煎现卖。他身材奇矮，精瘦，可是吆喝起来，又泼又野，底气充足。"煎糖糕"三个字，不是一下出口的，而是用拼音字母拼出来的，一个字母要在嘴里打好几个滚儿，才肯出口，嗓音尖锐像汽笛儿："煎——糖——糕——"

一声吆喝，至少持续半分钟，尾音拖得很长很长。并且，吆喝的时候，闭着眼睛，攥着拳头，脸朝南，在曲折、漫长的行腔过程中，脑袋雷达似的向西、向北转动着，吆喝完了，脸就朝东了，声音覆盖全城。那年县城刚刚解放，空中时有敌机飞过，他一吆喝，街长就急了：

"别吆喝啦！"——怕他招来敌机。

翟民久就是我家那个房东，想雇老魏担水浇花儿的那位。他有不少房屋，城外有地，一辈子吃房租、吃地租，种花养鸟。土改的时候，房子也"愿"了，地也"愿"了，落了一个开明的名声。为了表示自食其力的决心，他不玩了，卖包子，他自己可不蒸包子，天天挎个小竹篮，到包子铺里趸包子，一回只趸二十四个，多了不趸——他家有六口人，即便一个不卖，也不要紧，人均四个包子，恰好是一顿饭。

翟民久的嗓门儿也不错，吆喝起来，音色优美，宛如唱歌儿。更可贵的是，那词句是他即兴创作的，构思新颖，有"包袱"，像一段小相声：

"卖包子，大个儿的包子，吃俩就饱啦——再就俩卷子！"

人们听了没有不笑的，他不笑。

翟民久卖包子，夏天哪里凉快到哪里去，冬天哪里暖和到哪里去，不管人多人少，有人没人。有一年夏天，他发现了一个好去处：后街开元寺。那是一座破败的庙宇，没有和尚，也没有香客，只有一座古塔，一片树木。他天天站在塔台上，唱歌儿似的吆喝两声：

"卖包子，大个儿的包子……"

你说谁到那里买包子去？

腊　会

　　腊会其实就是灯会，我们那里的一种年俗。

　　农历的除夕，满城的爆竹响起来的时候，各街的腊会就"出会"了。那是一支灯笼的队伍，也是一支音乐的队伍，吹吹打打，满城转悠，庆贺腊尽春回。

　　在我记忆中，每道街的腊会都是大鼓、大钹开道。那真正是一面大鼓，一个木架，四只轱辘，一堆人推着它，四名精壮汉子抡着鼓棒敲打，两边是几副大钹。天色一黑，城里城外就响成一个声音：咚咚嚓，咚咚嚓，咚不隆咚，嚓，嚓，嚓，嚓，嚓咚嚓，嚓咚嚓，嚓咚嚓咚嚓咚嚓……

　　大鼓大钹前面是一面筛锣，也叫"开道锣"。一道腊会的行止路线，全听它的指挥：哐，哐，哐哐哐——

　　大鼓大钹后面是"门灯"。"门灯"是玻璃灯，一个孩子扛一盏，少则十几盏，多则五六十盏，里面点着半斤重的蜡烛。"门灯"上有彩画，工笔，画八大仙真、三位星君，也画祥云、瑞日、仙鹤、麒麟；"门灯"后面是一溜儿"叉子灯"，长柄，铁丝骨架，用色纸糊了的，有红，有黄，有绿。孩子们扛着灯笼，在鼓乐的吹奏声中，走得很慢，远远看去，像一条彩色的火龙。那时没有路灯，漆黑的天，又冷，那满街的灯火，就更赏心悦目了。

最后是吹打班子：一个小鼓，两副小钹，几只喇叭，一面筛锣，有的街上还有笙、箫、横笛、云锣。前半夜吹"老八句"，后半夜吹"万年花"。"老八句"的曲牌很简单，就那么几句，吹完一句，敲一声筛锣：喤——再吹一句，再敲一声筛锣：喤——悠婉，庄重，古雅。"万年花"比较复杂一些，但是节奏更缓慢了，飘飘摇摇，如入仙境，让人想到天下太平，八方宁静。在家"守岁"的人们听见它，清醒的想睡，想睡的就清醒了：呵，后半夜了，该煮饺子了吧?

跟着吹打班子的，是两对大红纱灯，两名清秀小童担着，一个道左一个道右。纱灯上有一行金箔大字，标明腊会的名称，有的以街道命名，有的以街上的一个寺庙命名："东门里腊会""西门里腊会""南关腊会""北关腊会""白衣庵腊会""广慧寺腊会"……

那时候，富人喜欢腊会，穷人也喜欢腊会。腊会里，买卖家不是要派伙计们四处要账吗？要到三十下午，伙计们就不真要了，在什么地方玩一会儿，天黑才回去，说是没找到人。掌柜的看看天色，便问一声：

"腊会出来了吗？"

"出来了，你听——"

掌柜的听见喇叭声，就说：

"掌灯，明年再说吧。"

掌灯就是点灯笼。那天黑夜，家家门口挂着一对灯笼，有宫灯，有纱灯，有花篮灯、鲤鱼灯、绣球灯、元宝灯。买卖家一掌灯，欠债的人们就可以放心过年了。

腊会过来了，家家门口站满了观看的人，有的放烟花，有的放鞭炮，那叫"迎会"。人们见了"会头"，都要拱拱手，道一声辛苦；"会头"也向人们拱着手，说着："明年见，明年见……"

"会头"是一道腊会的组织者，由街上那些热心的人们轮流担任。年前他们负责"敛油钱"——现在叫集资，用于腊会的各种开销。这项工作并不难做，富人穷人，大家小户，没有不拿钱的，还有捐米的、舍饭的。过了"小年"，他们还要负责到各街上送帖子。那帖子上写些什么言语，我没见过，意思是：我们街的腊会，一定到贵街行走，以示礼敬。旧年里，如果两街结下了什么仇怨，帖子一到，前擦后抹，就言归于好了。——这是规矩，约定俗成的规矩。

腊会行进中也有一个规矩：两道街的腊会碰了头，咣，咣，咣，三声筛锣，双方立刻停止吹奏，并要让出大道，靠路边走。两道街的吹打班子见了面，也要互相拱拱手，道一声辛苦，说一声明年见。两支队伍错过了，又是三声筛锣，各自就又吹打起来了。

　　那天黑夜，满城的人们好像一下改变了脾气，灯烛照耀下，清音缭绕里，人人是那么温和，那么欢喜，彼此见了面，都要道一声辛苦，说一声明年见。至于明年以何嘴脸相见，明年再说。

　　当然，也有不大喜欢腊会的人。年前集资的时候，一些青年说，吹吹打打，转转悠悠，有什么看头呀，又不表演。李云朋听见了，不依不饶，便捉了那青年辩论：

　　"你家过年贴对子不？"

　　"贴呀。"

　　"挂灯笼不？"

　　"挂呀。"

　　"你家的对子和灯笼，表演不？"

　　青年无话可说了，李云朋便告诉大家：腊会不光是让人看的，那是一种气氛，一种味道，没有腊会，像过年吗？

　　李云朋是我们街上的农民，吹喇叭的。年年一到腊月，他就没心思干活了，天天吹喇叭。他不站着吹，也不坐着吹，他在屋里地下铺一条麻袋，爬着吹。他说这么练习最出功夫，脚不沾地，可以锻炼"丹田"的气力——喇叭对着炕洞吹，不妨碍四邻。

腊会还有一项重要的活动：拜庙祭神，见庙就拜。那一夜，城里的大小庙宇都有香烛，腊会到了，扛灯笼的孩子们站立两厢，吹打班子要对着庙门，尽情地吹打一番。祭神不吹"老八句"，也不吹"万年花"，一个"大开门"，吹"水龙吟"。那也是一个古老的曲牌，热烈、欢快，庙里的白脸判官、焦面小鬼听了，好像也喜气洋洋的……

因为祭神，后来腊会被禁止了。官方认为那些曲牌也不行，软绵绵的，可以麻醉人们的斗志。

腊会没有了，人们的斗志果然没有被麻醉——"文化大革命"中，扒了土地庙，拆了阳和楼，砸了公检法，弄坏不少东西。

腊会没有了，我们街上的李云朋可不死心。每年除夕，他便叫来马老润和杜傻子，吹一阵喇叭。他们提着一盏小灯笼，到城墙上去吹，前半夜吹"老八句"，后半夜吹"万年花"，城里城外都能听见……

马老润是个木匠，太平街人。

杜傻子家住南关，赶车的，也是农民。

他们年轻的时候，就爱"吹会"，号称"三支大笛儿"。

他们没有白吹，街头上又出现了个体小贩那一年，腊会又恢复了。只是灯笼少了，"落会"也早了，"门灯"上既画吕洞宾、张果老，也写"照章纳税光荣""一对夫妇只生一个孩"——这么一写，税务所给一百块钱，计生委给一百块钱。

好人的故事

　　后街里住着一个退休老人，姓石，人们都说那是一个真正的好人。人们不大清楚他的历史，只爱谈论他的故事。那年他在一个工厂里当收发员时，负责卖邮票，谁买邮票只许一张一张地买：

　　"老石，买张邮票。"

　　"八分。"

　　"再买一张。"

　　"八分。"

　　"再买一张。"

　　"八分。"

　　你若一下买三张，不卖。——他怕弄错账目，给国家造成损失。

　　"四清"的时候，街上来了工作队，他家的西屋里也住了两名工作队员。工作队撤走那天，他拿着一个小纸包，追了半道街：

"同志，你们丢东西了。"

"什么东西？"

"药。"

工作队员一看，是两片四环素，就笑了说：

"我们不要了，扔了吧。"

"真不要了？"

"真不要了。"

"真不要了，我就吃了。"

"你又没病，吃药干什么？"

"有病没病，吃了总没坏处——国家造的东西。"

脖子一仰，真的吃了。——他不昧人东西，也不糟蹋东西。

那年县里成立了火化场，没人愿意到那里工作，领导上就把他调去了，让他烧火。走上新的工作岗位，心里很不平静，一夜没睡好觉，他大清早就去问领导：

"一个人，得烧多大时辰？"

"一个钟头吧。"

"胖人呢？"

"也是一个钟头。"

"瘦人呢？"

"你看着烧吧！"

倒把领导问烦了。

一天下着雨，一个死人正要入炉，一个活人把他叫到一边叮嘱：

"烧好点儿，这是个局长！"

他愣了一下，放下扒拉钩子，又去请示领导："局长怎么烧？"领导大笑，他便请了另外一位经验丰富的师傅一同去烧，自己不敢烧。

干了两年，领导看他忠诚可靠，想培养他入党。一天领导和他谈话：

"一个人入了党，得听党的话。"

他点点头。

"党指向哪里，得奔向哪里。"

他又点点头。

"是刀山也得上。"

他吃了一吓，眼都直了：

"哎呀——"

"怎么了？"

"做不到，做不到。"

他不欺骗自己，更不欺骗领导，做不到就是做不到。

那年他退休了，文保所下属的天宁寺雇清洁工，把他雇去了。白天让他打扫寺院的院落，晚上让他在寺院里睡觉。所长向他交代：这座寺院是国宝，一定注意防火防盗，睡觉也得睁一只眼。干了两天，他就瘦了，所长问他：

"老石，病了？"

"没有，睡不着觉。"

"怎么睡不着觉？"

"睁一只眼睡不着觉。"

其实他是不敢睡觉。

有一天，他上街买笤帚，看见商场卖彩券，他也买了一张，不料竟然中了奖，得了一辆摩托。他被吓坏了，推着那辆摩托，一定要给了所长。所长当然不要，他就急了，急得满头是汗地说：

"那钱不是我的！"

"你中的彩，是你的。"

"买彩券的钱不是我的！"

"不是你的，是谁的？"

"那是买笤帚的钱，公款！"

所长望着那辆摩托，倒被愁住了。

后来，天宁寺里招收了一些待业青年，他就不干了，彻底歇了。

彻底歇了，但是日子并不寂寞。街上死了人，总是请他去给死者穿衣服、净面。他给死者穿衣服，手儿很轻，像给婴儿穿衣服；他给死者净面，鼻孔、耳孔都净，手指甲、脚指甲也要细心剪一剪。他还会用金纸、银纸、马粪纸给死者糊个电视，很像。街上的老人们都很尊重他，见面就说：

"老石，我死了，也得劳动你啊！"

"好的，好的，没有问题。"他总是这么说。

他给死者穿了衣服，净了面，丧事办完了，死者的家属便要酬谢他。给他酒，不要，他不会喝酒；给他烟，也不要，他也不会吸烟。别的礼物，更不收。他看人家实在不落意，就说：

"走，我到你家吃碗杂烩菜吧。"

无论谁劳动他，都是一碗杂烩菜。

我看见这位老石，是在他很老了的时候。那年夏天奇热，晚上人们爱到开元寺里歇凉，他也去。他个子偏矮，稍胖，脸很大，没有胡子，不笑，见了人不打招呼。他总是坐在距离人们稍远一点儿的地方，瞅着天空听人们说话，偶尔也插一句嘴，像是自语。人们说物价又涨了，他说工资也涨了；人们说现在的东西尽假的，他说京九铁路是真的。不喜不怒，散淡安闲，一副天下什么事也没有的样子。

一天晚上，我提起关于他的一些故事，问他是否真有其事？他笑了，举起手里的棍子，象征性地打了我一下说：

"没有的事。"

去年冬天，他不能出门了，街上的人们天天去看他。人们称颂他的德行，埋怨社会风气，都说，假如人人都像他这么活着，该多么好啊，哪里会有假冒商品，哪里会有车匪路霸，哪里会有卖淫的、嫖娼的、买官的、卖官的……他听着听着，笑了，他笑着说了一句颠三倒四的话：

　　人人都像我，世界就好了；
　　人人都像我，世界就坏了。

那天后半夜，他就死了——这也是传闻，不知真假，但是那辆好像应该属于他的摩托确实还在天宁寺里扔着。

游　戏

　　两个老袁是邻居，两家只有一墙之隔。北院老袁是局长，南院老袁是工人——那是过去。现在北院老袁不是局长了，南院老袁也不是工人了，一个离休了，一个退休了，两人都歇了。

　　南院老袁退休后，种了一些花儿，养了两缸鱼，弄得满院花色水汽。早晨捞鱼虫，晚上看电视，白天浇了花儿，就到街上看下棋。北院老袁就不同了，离休以后，很少出门，时常站在院里的枣树底下，观看树上的枣子。实在麻烦了，就到南院说些闲话，有时两人还要喝半日的茶。

　　中秋节到了，北院老袁的心里更是麻烦。尤其到了晚上，满街的汽车不住叫唤，听见就烦。他骂了一句人，就到南院去了——南院的院子深一点儿，或许听不见。

　　南院老袁正在屋里看电视，见他来了，赶忙沏了一壶茶。那是一台黑白电视，很小，屏幕上净"雪花"。北院老袁看了一会儿，就说：

"以后到我那里看去吧，我那里是彩色，清亮。"

"一样一样，你那里演什么，我这里也演什么。"

"客气什么，说去就去。"

两人手牵手，一同到北院。

彩色电视果然好看，南院老袁看了一回，由不得天天来看，从"节目预告"一直看到"再见"。北院的老袁有些烦了，就说：

"电视不能天天看，天天看对身体不利，尤其是对眼睛不利。"

"你说哪天看？"

"有好节目看，没好节目不看，最好是有个计划。"

"怎么计划？"

"我有电视报。"

"你计划，我计划？"

北院老袁眼睛一亮，忽然来了一个灵感。他说这样吧，以后来了电视报，我先让你看，你想看哪些节目，就在哪些节目前面画一个圆圈儿，我看可以了，到时一起看。南院老袁觉得这个办法不错，就答应了。

过了两天，墙头上果然放了一张电视报。南院老袁打开一看，报头上还写着两行字：

电视报已到。下周拟看何节目，请速标出。

老袁同志阅办。

南院老袁拿着电视报，登上鸡窝，扒着墙头，问北院老袁：

"什么叫'阅办'？"

"阅办，就是让你看了以后去办。"

南院老袁指着那个"拟"字，又问：

"这个字念什么？"

"nǐ。"

"什么叫'拟'？"

"拟，就是想、准备、打算的意思。"

南院老袁明白了，拿着电视报，到屋里看了一遍，标出了拟看节目。然后又登上鸡窝，扒着墙头，对北院老袁说：

"节目标出来啦，你看行不？"

"别问，写，咱用文字说话。"

"那何苦呢？"

"歇着也是歇着，咱俩只当做游戏。"

南院老袁为了看彩电，只得依了他，在报头上写了一句话：

节目标出来啦，你看行不？

北院老袁看了，摇头笑了说：

"不行不行。头一句就不合文法，这个'啦'字尤其不能用。'你看行不'也不行，应写：'当否，请批示。'"

"什么叫'当否'？"

"当否，就是恰当不恰当、合适不合适、可以不可以的意思。"

"请谁批示？"

"你说呢？"

南院老袁明白了，便去改写。

南院老袁在北院老袁的辅导下，经过一个月的努力，学会了不少字眼，掌握了一定文法，居然也能写出一段像模像样的文字来了："下周节目已标出，拟看京剧《铡美案》、河北梆子《大登殿》，《动物世界》《曲苑杂坛》，似也可看。当否，请批示。"北院老袁看了十分满意，挥笔写上"同意"二字，退给南院老袁。南院老袁按照批示，到时就来看电视。

明天地方台要播《聊斋》了，南院老袁慌得不行。他看过一回这个片子，一小段一小段，很是好看。可是电视报送去好几天了，一直不见批示，便去北院找老袁：

"老袁，明天要播《聊斋》了！"

"哪个台？"

"你还没看电视报？"

"这两天比较忙啊！"

北院老袁点着一支烟，朝沙发里一躺，干燥的脸上出现了一种少有的幸福的光泽。南院老袁着急地说：

"哎呀，你快给批了吧，明天就要播了！"

"哎呀，我得看看呀。"

"哎呀，你快看呀！"

"哎呀，慌什么呀？"

他越着急他越沉稳。南院老袁想起了自己的黑白电视，就说：

"你到底批不批吧？"

"批，批，你先回去，我争取抓紧看，抓紧批。"

南院老袁出得门来，哭不是笑不是，他想：一个做游戏，干吗这么认真呢？老袁别是得了什么病吧？

这么玩了一阵，南院老袁就不耐烦了，鸡窝也踩坏了。以后看见电视报，也不及时拿，北院老袁便批评他的拖拉作风。他不吃他的批评，两人吵了一次嘴，就掰了瓜——他看他的彩色，他看他的黑白。

春节快到了，南院老袁也买了一台彩色电视，乐得不住哼小曲。他在房上安装天线的时候，看见北院老袁孤影悄然地站在院里，心里不由得一颤，觉得自己高兴时，应该高姿态，不应哼小曲，老朋友爱做游戏，就还跟他做吧，又不花钱。他到街上买了一张电视报，标出拟看节目，用了半日脑筋，想了一段很漂亮的话：

　　　彩色电视我已买到，颇清晰，在你认为方便的时候，欢迎莅临观看。下周节目安排当否，请批示。又及。

　　北院老袁看了，潸然泪下，从此两人言归于好，情同莫逆，只是不再做那游戏了。

邵思农先生

——古城忆旧

我上小学二年级的时候，头上生了一种疮，多方求医不愈，眼见我的头发一片一片地脱落了。一天父亲买回一捧山里红，砸烂，放一点儿盐，涂抹在我的头上；半月后，头皮酥痒，一头新发宛若春天的小草，悄悄地钻出来了。父亲很是高兴，他说这个偏方，得自邵思农先生。

邵思农先生是一位中医，住在我家西边不远的地方。那时父亲开着一个小铺子，买东西的人们，时常谈起他的医道，但我从未见过先生的面。

头上的疮刚刚治好，我肚里又生了一种虫子，便时徐徐排出，那虫子乳白色，扁形节状，人们说是绦虫，也很棘手的。一天上午，父亲拿了一封点心，领我去找思农先生。那是一个大杂院，院子很深，有一重一重的门，两厢全是古旧的瓦房。他住在院子后面的正房屋里，窗前有棵海棠树，树上的花儿开得正繁。屋里光线很暗，临窗放着一张红漆桌子，靠墙立着一排药斗，一个书架，书架上放着许多书籍。先生五十来岁了，高高的身材，白净的脸，穿一件灰布大衫，戴一副眼镜，干净得让人不敢接近。他对那虫子好像不大重视，让我面对窗子，看了看我的眼睛和嘴唇，便开了方子，抓了几服药，叮嘱了煎药的方法。父亲给他钱，他说不忙给钱，吃了药再说吧，点心也是不收的。

吃了他的药，未见虫子排出，父亲领我找到他，他摸着我头发说：

"今天大便了吗？"

"大便了。"

"在哪里？"

"在后街里。"

"我们去看看吧。"他说。

后街里有个露天茅厕，有半亩地大，里面没有茅坑便池，极"方便"的。我指示给他那是我的粪便，他两手扶膝，深深弯下腰去观看。看了一阵，他指着粪便中的一些白色秽物，对我父亲说："看，这就是虫子了——白的，像痰一样的东西。化了，没有事了。"我望着他那细长的手指，心里怦怦地跳，很怕他触到我的粪便——那是一个多么干净的手指啊，雪白，像玉石。

回到我家铺子里，他向我父亲要钱了。他说了一个数目，父亲便愉快地拿钱给他。他不接那钱，像有什么事情需要声明似的。他说那几服药，值不了这么多钱的，只因西街有个依靠推煤生活的鳏夫，得了细病，常年吃他的药，那鳏夫很穷，拿不起药钱，他又赔不起，只有仰赖大家了。父亲听清了，他才接了钱，然后从口袋里掏出一个红布做的小葫芦香袋，系在我脖子上，那香袋里装着一点麝香、冰片，贴身带了，可以祛邪防暑。走时向我父亲拱拱手说：

"你积德了，你积德了。"

后来，是1954年吧，府前街的一条小巷里，挂起了"联合诊所"的牌子，思农先生也到那里应诊去了。据说，他在联合诊所里，不改昔日作风，济人多矣。

可是，"文化大革命"中，他也受到了非人的待遇。他担着两只粪桶，天天出入于各家的茅厕，掏了将近十年的粪。有一天，我问一个街道干部，他是什么罪名？那干部好像也说不清楚，或是懒得告诉我，只说：

"谁让他那么爱干净呢！"

他死后，没有人给他平反，他的后人也不提什么要求。他们说，时过境迁，什么也不要说了，老人一生清寒自守，不是那种计较荣辱的人，何况身后呢？我想他们是对的，时过境迁，什么也不要说了——先生赐给我的那一头黑发，不是也该白的白了，该谢的谢了吗？

但是，我永远怀念思农先生。

临济寺见闻

今年春天，一个雨后初晴的日子，我到临济寺里去游玩。那天香客不多，静静的寺院里，花木蔚茂，芳草蔓合，真是个息心净行的所在。

忽然，一个声音，打破了寺院的寂静：

"老和尚在吗？老和尚在吗？……"

一个身穿公安服装的青年，领着七八个人，嚷着进了大雄宝殿。一小僧告诉他，师父不在，到外地做法会去了。他便指着他的同伴介绍说：

"小师父，这些都是省里的领导，大家拜佛来了！"

小僧合掌一笑，拿起磬槌，侍立一旁。

这些领导，职务最高的，像是那位穿西服的老者。他不会拜佛，那青年便一遍一遍地示范给他。我听见，他叫他"李科长"。

他们拜了佛，那青年看见供桌上放着几尊精致的白瓷蓝花儿观音菩萨像，笑着说：

"小师父，省里的领导同志，非常喜欢菩萨像……"

"到流通处去请吧。"小僧说。

"不用了，就拿这些吧。——我和老和尚是朋友。老和尚喜舍，小和尚也喜舍，哈哈……"

说着就下了手！

他们得了菩萨像，显得很高兴。那青年说，大家把它拿回家去——不，请回家去，晨昏三叩首、早晚一炉香，一定会身体健康、工作顺利。说完，他们一人抱着一尊菩萨像，欢喜而去。唯有那李科长，出了大雄宝殿的门，又扭回头去，看了看释迦牟尼的脸色……

我望着他们的背影，真是哭笑不得，不由得想起文达公在《阅微草堂笔记》中记载的一个故事：某君寓高庙读书，夏夜听见两只野狐对语于文昌阁上。一狐曰：我们又不花钱，尔积多金何也？另一狐曰：欲以此金铸铜佛，送西山潭柘寺供养，以积功德。一狐作啐声曰：呸呸呸，布施须己财，佛岂不问汝来处，受汝偷来金耶？——呜呼？布施尚须己财，菩萨像岂可乱抓乱挠乎？此辈见识，实在那野狐之下也，别的且不说。

黄　绍　先

　　黄绍先是我小时候的同学，做了大半辈子商业工作，现在退休了，人们仍然叫他"黄经理"。

　　绍先长得矮矮的，胖胖的，像一个半大孩子。他年轻的时候，工作很卖力气，我天天早晨看见他抱着一把大扫帚在商店门口扫地。可是人们记得，他领导的百货商店，真不怎么样：货架子一半是空的，售货员的脸孔一向是黑的。那年上级提出了"全面整顿"的方针，绍先心一横，也把他的商店狠狠整顿了一番，并且订了服务公约，贴在店堂里。服务公约一共是五条，前四条的内容还可以，不迟到不早退呀，百问不厌百挑不烦呀，等等，最后一条就不像话了："保证不打骂顾客"。顾客看了，没有不笑的，也没有不害怕的。那年省里来了一个检查团，看见那服务公约，笑得东倒西歪，前仰后合，检查团的那位首长，竟然笑得趴在柜台，浑身哆嗦，像是得了癫痫似的……

商业局长也笑了，笑完就把他的经理免了，说是：绍先是个好同志，可惜水平太低了。

于是绍先成了人们的一个玩物儿。直到现在，熟人们一看见他，就说：

"保证不打骂顾客！"

绍先莞尔一笑，也不恼怒。

绍先水平不高，却有一颗忧国忧民的心。最近的一天中午，我在下班回家的路上，看见他站在大街上的一根电线杆下，正吃烧饼。他看见我不打招呼，也不笑，一脸的忧郁之色。我问他怎么了，他竖起一个手指，朝电线杆上一指，说：

"你听！"

电线杆上安着一个小喇叭，小喇叭里正在广播县里一位领导同志的讲话。讲话的声音不高，口气很硬。广播完了，绍先的烧饼也吃完了，他说：

"听见了吗？"

"听见了。"

"听见什么了？"

"不准用公款吃喝玩乐……"

我的话音未落，他便笑了，先是噗噗地笑，继而哧哧地笑，然后仰起脸，笑得没有了眼睛，没了声音，最后搂

黄
绍
先

庚
子
年
初
冬

现辉

着电线杆子，笑得浑身哆嗦，像是得了癫痫似的……

"绍先，笑什么呢？"我问。

他说，他觉得"不准用公款吃喝玩乐"跟他的"保证不打骂顾客"，味道差不多……

说完又笑了，笑得叫人难过。

童　言

　　天黑的时候，我受乔二嫂的委托，到她家去执行一个特殊任务：劝说乔老二，消消心头火，明天一定要给乔大伯拜寿去。

　　我不是街道干部，也不是乔家的亲戚。朽迈之年，不知从哪儿来的精神，津津有味地管起闲事来了。一条小街上，谁家夫妻吵架，兄弟失和，或是邻里之间发生了什么争端，都好请我去劝说。劝了几回，人们说我有化干戈为玉帛能力，送我一个雅号："玉帛老人"。于是我的干劲更大了，谁家有事，我都去。

　　乔老二住在小街的尽东头，新盖的房屋，新修的门楼，很气派的。我站在院里咳嗽一声，叫道：

　　"嫂子，二哥在吗？"

　　"在，睡了。"

　　"叫醒他，'玉帛老人'来也。"

"叫不醒，你叫吧。"

走到屋里，乔二嫂已经沏好了茶，等着我。乔老二躺在床上，蒙着被子睡觉，身上的被子一起一伏：呼，呼，呼……

"玉帛老人"一向重视调查研究，情况是很清楚的：乔老二不登乔大伯的门，不是针对乔大伯，而是针对乔大伯家老三的。他们年轻的时候，乔家两枝人，合开着一个风箱铺子，生意十分兴隆。乔家的风箱做得好，曾是地方一绝，技术却不外传，闺女们也不传。有一年冬天，乔老三收了一个外姓徒弟，惹怒了族人。乔老二脾气暴，拿了一把斧头，一定要让乔老三跪在祖宗牌位前面认错不可。乔老三不认错，也拿起了斧头，结果两人都挂了花。现在，他们的头发都白了，心里的斧头还没放下。平时也罢了，每当乔大伯那边有了什么喜庆事情，乔老二不是头疼，就是牙疼，总是礼到人不到。"玉帛老人"也懂一点医学，心藏神，肾藏志，肝藏魂，肺藏魄，人类的那种长久不能消化的嗔恨之气，却不知藏在哪里？

我坐在床前，响亮地咳嗽一声，开始工作了。我先讲了一个故事，想把他逗笑，可是他不笑。我喝了一口茶说，明天是乔大伯的八十寿辰，你一定得去，你是亲侄子。你去的意义，不仅是让老人高兴，更重要的是在族人面前，做一个团结的姿态，等于一次外交活动。常言说：

"君子量大，小人气大。"中日都友好了，台湾问题也要争取和平解决，你心里的那点火气，难道就不能消化吗？晓之以理，动之以情，孔子的话也用了，孟子的话也用了，不顶事。

乔二嫂看我累了，示意让我休息一下再说。我没有休息，轻轻一笑，顺口打了一个妄语。我说，其实老三已经认错了，早就认错了。他曾亲口对我说，千不是万不是，当年都是他的不是。他不该私自收徒，更不该和你打架。你是兄他是弟，打不还手，骂不还口才是；私自收徒，不但破坏了祖宗的家法，也不符合现在的法律。现在，中国有了专利法……

谁知这么一说，他的火气好像更大，身上的被子大起大落：呼，呼，呼……

我看看乔二嫂，表示黔驴技穷了。

这时候，一阵唱歌的声音，小星星下了夜学。星星的妈妈经常上夜班，他一直跟着奶奶睡觉。我像看见救兵了似的，指着床上的被子对他说：

"星星，弄醒他，抓他脚心儿。"

"他怎么了？"星星问。

"他肚子里有气，你听，呼呼的，像拉风箱。"

"什么叫风箱呀？"

星星仰起脸儿，忽闪着一双好看的眼睛，突然问了一声。我眼前一亮，觉得孩子的话，太新鲜了！刹那间，我的心里空空朗朗，一世道理，一切知见，都被他那天籁一般的声音粉碎了。我把他捉到怀里，笑着说：

"乔家的孙子，没见过风箱？"

"我见过冰箱。"

"冰箱是冰箱，风箱是风箱。——我们做饭，用什么呀？"

"用锅。"

"烧什么呀？"

"液化气。"

"那是现在，早先呢？"

"早先不做饭——吃奶！"

乔二嫂也笑了，把他捉去说：

"傻孩子，早先做饭，家家是用'老鸹嘴'和风箱。"

乔二嫂告诉他，"老鸹嘴"是一种燃烧煤炭的炉具，风箱是一种吹风的工具。乔二嫂说，两个老爷爷，做了大半辈子风箱，爷爷年轻的时候也做风箱。乔二嫂又说，咱乔家的风箱，工精料实，鱼鳔合缝，外涂桐油，内烫蜂蜡，拉着轻巧，风力又大：呼，呼，呼……乔二嫂卖力地"拉"着风箱，星星拍着小手笑了说：

"晓得了，晓得了，——吹、风、机！"

被子底下，忽然有了咯咯的笑声。乔二嫂赶忙对星星说，爷爷醒了，风箱是什么样子，问他去吧。乔老二在被子底下笑着说：

"明天拜寿，问你三爷去吧！"

恰到好处，我便告辞了。

乔大伯的生日真好啊，正是春暖花开的时候。静静的小街上，到处飘着槐花儿的清香，天上的月亮也圆圆的。我看天上的月，很像星星的脸盘儿，他，该叫"玉帛童子"吧？

聋　子

　　夏天的傍晚，小街南头的土地庙台上，是人们纳凉的地方。土地庙早就没有了，高高的一座庙后，有石阶可上。人们坐在上面，抬头是满天星星，低头是一片菜地，很清凉的。

　　这天晚上，人们坐在庙台上，谈论的话题是刚刚盖了一座小楼的老陈。卖烧饼的老胡说，最近老陈的儿媳妇违犯了计划生育，干部们要罚他，他把存折朝桌上一摔，说："罚多少，支去！"人们听了先是一惊，接着就愤愤然了：

　　"当着干部的面，就那么一摔？"

　　"可不是，那么一摔！"老胡拿起自己的烟盒，当作存折，朝庙台上啪地一摔。

　　"好啊，真是财大气粗啊！"

　　"烧坏他了！"

人们恨着老陈，忽然听见一声叹息。寻声看去，菜地的井台上，也坐着一个人。那人背向大家，像一块岩石，头上戴着一顶尖锥草帽，很破。——那是聋子，种菜的聋子，只有聋子，晚上也戴草帽。

老胡望着他的脊背，笑了说：

"哈，聋子，你也听见了？"

"你见来？"聋子问。

"我没见，可我听说，是一摔！"老胡坚定地说。

"不是一摔，我听说，是一扔。"卖豆腐的老石说。

"不是一扔，我听说，是一放。"卖凉粉的小秦说。

聋子立起来了，他说：

"到底是一放呀，一扔呀，一摔呀？"

人们不言声了，他又说：

"眼见为实，耳听为虚。宁把一摔说成一放，别把一放说成一摔。——咯吱咯吱的，不好听啊……"

他的声音不大，在静夜里，却是那么清晰，像小溪流水，像一种音乐。人们听着他的诉说，屏声静息，菜地里的蛐蛐、蝈蝈，以及池塘里的青蛙，也停止了鸣叫。我招呼他到庙台上歇一歇，他却顺着田间的小路，走了。

我望着他的背影，感到很奇怪，我说：

"他到底聋不聋呢？"

"聋吧，聋了这么些年了。"

"聋不聋，反正他的耳朵不健全——他只有一个半耳朵。"

"要不，常年捂着一顶草帽？"

于是聋子成了人们谈论的话题。人们说，聋子年轻的时候，当过大队长，那时我在外面读书，没见过他的威风。那真是一个站在街上跺跺脚，满街起尘土的人物啊，想扣谁的口粮，一句话的事。"四清"的时候，在一次斗争大会上，人们将他团团围住，愤怒地喊着口号。不知是谁趴在他的肩上，咯吱一声，下了口！他在地下打着滚儿，竟然哈哈大笑："清了清了清了！"从此失去半块耳朵……

小秦心细，喜欢研究一些别人不大注意的问题。他说，我们说话呢，又不是吃东西，聋子怎么说是"咯吱咯吱"的呢？

人们没有注意小秦的话，又谈起聋子的草帽……

傅　老　师

　　傅老师早先是中学的语文教员，现在退休了，每天在家习字读帖，读帖习字。他的书法在县城里很有名气，商厦店铺之上，名槛古刹之中，到处可见他的墨迹，篆、隶、楷、行，皆有功力。有人说他的隶书结构严谨，古朴端庄，像是"乙瑛碑"；有人说他的楷书笔力雄劲，气势开张，颜筋柳骨俱在；也有人说他博采众长，心花自开，已是脱巾独步，自成一体了。他听了，一张冷静的脸变得更冷静了，先是摇手否认，然后说：

　　"临帖，临帖！"

　　傅老师的脸，一向那么冷静，这是他的一个特点。

　　他可不是故作谦虚。傅老师上小学的时候，就爱习字，时至今日，读帖临帖一直是他的日课。他有一个干净的小院、雅致的书屋，窗外种了两株芭蕉，屋里养着一盆文竹；一张紫檀色的书案上，除了文具，还放着一只小香炉，无论读帖还是临帖，总要焚上一支香，淡淡香气，令人内心清定，意念虔诚。读帖，洁手净案，凝神于一；临帖，坐满、足按、身直、头正、臂开、腕平、指实、掌虚，那认真的样子，就像颜鲁公站在他面前手里拿着戒尺一样。

傅老师的书屋洁净古雅，文具也很讲究，湖笔徽墨，玉版宣纸，石黄、鸡血石买不起，刻了几枚寿山石印，用的是漳州八宝印泥。他说穷读书富习字，文房四宝，不能凑合。——其实他并不富，只不过老伴儿和孩子们都有工作，不指望他的工资。另外，一些机关、学校请他写字，也有送他笔墨纸砚的。

傅老师习字不惜工本，但他的字却很好求。他给人们写匾牌，写条幅，也写春联、婚联，并且不要任何报酬，拿纸就行。有一年秋天，一家饭馆开业，请朋友们吃饭，他也被请去了——那饭馆的匾牌是他题写的。大家把他让到上座，纷纷和他碰杯，向他敬酒。他不会喝酒，也不喝饮料，便以茶代酒。理发的老潘和他碰杯时，已是半醉了，顺口说了一句：

"傅老师，今年过年，得有我一副对子！"

"行，有。"傅老师说。

老潘的理发馆很小，门脸也很简陋，他和傅老师要对子，实在是酒兴所至，没话找话而已。不料那年的大年三十上午，傅老师真的拿着一副对子，来到他的理发馆里：

"老潘，你还要对子不？什么时候了，也不去拿——纸也不拿！"

老潘想了半天，才说：

"哎呀，一句酒话，你倒认真了，至少还记得！"

"你是喝着酒说的，我可是喝着水应的呀。"傅老师说。

老潘展开那对子，乐得手舞足蹈。清笔正楷，墨香扑鼻，字写得好，内容也好：

推出满脸新气象
刮去一堆旧东西

横批：

焕然一新

有求必应，言必信行必果，是傅老师的又一个特点。

傅老师给人写字不要钱，并非是他的字不值钱。城里有个临济寺，临济寺的大和尚每年请他写不少条幅，前来朝拜观光的日本人见一幅买一幅，一幅上百元，有的几百元。临济寺供应笔墨纸张，至于一年卖多少钱，他是问也不问的。

1992年秋天，大和尚找不到他了，我也找不到他了。过了二十来天，我才见到他，我问他到哪里去了，他朝东一指，说：

"我到日本看了看。"

原来，他应"春风株式会社"的邀请，访了一趟日本。我听了很是惊奇，不是惊奇他的出洋，而是惊奇他的口气。他久居县城，别说国门，平时城门也很少出的，现在谈到出洋，却像是走了几天亲戚，赶了一个集，那么平常。

一个县城平民，访了日本，岂是瞒得住的？他从日本回来，名气更大了，向他求字的人就更多了。他依然是有求必应，依然不要报酬。大和尚说他心如止水，六根清净，街坊邻居也说他是个厚道人，难得的厚道人。

但是傅老师的心里也有人我是非，也有不厚道的时候，甚至还有给人玩个小手段的时候。九月里的一天，我和他在花市看菊，一个西服革履、头发稀稀的中年人，拱着手朝他走过来说：

"傅老师，久违了！"

"呵，'无心道人'，你也看菊？"傅老师也向他拱拱手。

这个人姓万，也爱好书法，自号"无心道人"。他在一个局里做事，常到四大机关行走。他不读帖，不临帖，不写春联、婚联一类的东西，只写条幅。我见过他不少作品，但不外三个字："龙""虎""寿"，分别送给职务不同、年龄不同的领导干部。傅老师从来不论人非，对他却小有评议：给领导同志送一幅字无可厚非，落款"无心道人"，则可一笑也。

"无心道人"牵着傅老师的手，笑容可掬地说：

"傅老师，我也想求你幅墨宝哩。"

"好的，好的。"傅老师也笑容可掬地说，"我的字，你见过？"

"见过，只是没有细读。"

"没有细读，何言墨宝呢？"

"慕名呀，你的字，写到日本去了！"

傅老师"哦"了一声，说：

"这么说，你不是慕我的名，是慕日本的名了。"

笑了一阵，又说：

"写什么，嘱句吧。"

"意静不随流水转——"

"好的，好的。"

"心闲还笑白云飞。"

"好的，好的。——还写什么呢？"

"就写这两句吧，立幅。"

"好的。"

傅老师从衣袋里掏出一个硬皮小本，记下他的名字和嘱句。"无心道人"又牵了牵傅老师的手，高兴地走了。我望着他的背影，心里说：

"傅老师的字，你是摸不到了。"

这也是傅老师的一个特点：谁向他求字，他若点一点头，淡淡地吐一个"行"字，便是真应了；他那一张冷静的脸上，若有热情出现，满口"好的，好的"，并将你的名字记在他的小本上，得，用句俗话——你就吹了灯睡觉吧，他并且总有一套不得罪人的理由。

夏 收 劳 动

　　去年夏初，小麦刚刚开镰的时候，县委决定组织四大机关的领导同志参加一次夏收劳动。那时我身体不好，没有得到通知，但是听到这个消息，也赶去了。

　　我喜欢夏收季节，喜欢夏收的田野，更喜欢看见收获了的农民。我在下面一个文化单位工作时，每年都要下乡参加几天夏收劳动，农民是很欢迎的。不论干活多少，他们总是用最好的饭菜招待我们，真是一种"箪食壶浆，以迎王师"的味道。我不参加这种劳动，至少有十年了，我想，有生之年，还能看见几回麦熟，参加几回麦收呢?

　　天蒙蒙亮，我们一行人，分乘两辆面包车出了城。先到一个乡的乡政府，一人领了一把镰刀，然后乘车到了劳动地点。那是一片紧挨马路的麦地，麦子长得很整齐。乡里的同志告诉我，这片麦子，农户们准备用机器收割的，他们做了一个农户的工作，才留出二亩地，让我们来收割。

　　我们下了车，朝地里走时，看见一个奇伟的景观：一群穿着黑色衣服的农民，骑着三轮车子，浩浩荡荡自西向东而来，像一群大雁似的。他们的车子是空的，不知是趸什么东西，还是卖完了什么东西。他们走近我们，忽然放慢了车速，一齐望着我们。其中一个大个子农民，身子一仄，把车停在路边，却不下车。他一个一个地扫视着我们，像是侦察什么情况，又像清点我们的人数。然后蹬上车子，追赶他的同伴们去了。他的同伴们扭着头，像是等待他的报告。他可着嗓子喊了一声什么，滚滚的烟尘里，便爆发了一阵哈哈的狂笑声、吼吼的怪叫声，似乎还有吱吱的口哨声……

　　县委书记听见了，问我：

　　"那个老乡，喊什么？"

　　"没听清楚。"我说。

　　"'三车'，像喊'三车'。"人大一位副主任，也听见了。

　　"不是'三车'，像喊'三哥'。"一位年轻副县长说。

　　大家都没听清喊什么。

　　太阳出来了，又大又红，像是贴在天边的一个剪纸。我们站在地头上，一人四垄，唰唰地割起麦子来了。我们的前面，电视台的同志在给录像……

割了一阵，抬头看看，县委、县政府的同志都到前边去了，落在最后的，是我们人大、政协的同志。我看着这个局面，心里很高兴，县委、县政府的同志们，到底是年富力强啊！

休息了，乡里的同志们送来开水。大家喝着水，搓一个麦穗，谈论着今年的收成……

大家说笑着，我却生了一种孤独的感觉。茫茫的田野上，看不见一个农民，我们收割的这片麦子的主人，竟然也未出现。于是我又想起那群骑车子的老乡来了，那个大个子老乡，到底喊了一声什么呢，他们笑什么呢？

不到九点钟，我们割完那片麦子，到招待所吃饭。大家在餐厅里坐好了的时候，我忽然明白那个老乡喊什么了：不是"三车"，也不是"三哥"，而是"三桌"——我们整整坐了三桌，包括工作人员和电视台的同志。

吃着饭，我像一个受了委屈的孩子，心里很不是滋味。大清早，我们穿着劳动的衣服，拿着镰刀，明明是下地干活的呀，那些老乡看见我们，怎么首先想到吃饭了呢？

我想告诉那些老乡，我们那顿饭，是很平常的：馒头、油条、稀粥、一碟凉拌黄瓜、一碟花生米、一碟咸菜、一碟乳豆腐。——真的！

老　拙

老拙姓夏，笔名老拙。

老拙不像一个文人，也不像政府部门的一个工作人员。他的个子不高，大脸，衣着潦草而又古板，像机关里的工友；休息的日子，爱在街头蹲着，跟那些卖菜的、卖鱼的聊天，不明底细的人，以为他是卖菜的、卖鱼的。

但是老拙确实是个文人，确实是政府部门的工作人员。他在地名办公室工作，负责考察、研究、确定、更改全县各乡、各村、各街、各路以及各条小胡同的名字。工作之余，爱写一点儿文章，发表在报刊上。读万卷书没有工夫，行万里路没有地方报销路费，于是休息的日子，就在街头蹲着，希望蹲出一篇小说或是散文。蹲得久了，瞎猫碰死鼠，慢工出细活，他的作品竟然也有被那大报大刊转载的时候。于是在县里的文坛上，他是"兵头"，在省里的文坛上，也是"将尾"了。

老拙心眼死板，失去了一个重要的发达机会。那年县里成立文联，他是文联主席的人选，县委的领导同志亲自和他谈话。他一句感谢领导的话也没有，张口就问给多少经费。领导说没有经费，文联、文化局在一起办公，两个单位一本账目；他又问编制呢，领导说没有编制，文联、文化局是一套班子两块牌子。他便笑了，我看那牌子也省了吧，他说。

老拙没有到文联，吃了大亏！不久作家评职称，他不能参评——他不属于文联序列，属于行政序列。他并不把这件事情放在心上，依然常蹲街头，枯坐灯窗，并且提了一个口号，说是要用自己的笔墨，为我们这个浮躁的世界，化一分热恼，添一点清凉。每写一篇文章，便买一支冰糖葫芦犒劳一下自己——他不吸烟，不喝酒，没别的奢好，爱吃冰糖葫芦。

又过了不久，老拙变得爱笑了——不定什么时候笑一下，哑笑。有一天他正对着机关大院里的那棵槐树哑笑，被我看见了，便问他笑什么。他不回答，反问我得了职称有什么好处。我说得了职称最明显的好处是工资可以涨一涨，钱多。他就又笑了，他说北京一位著名的作家，最近写了一篇文章，是探讨作家队伍改革的，大意是国家不要养作家了，让作家依靠稿酬去生活。一些得了职称的作家们愤愤然，一齐骂那北京作家不是东西，其实是怕那样改

革。也有不怕的，你道是谁？他两手一背：老拙。——咱是业余作者，会弄地名，你说一个"不怕"值多少钱，多少钱能买一个"不怕"呢？

我被他逗笑了，我说他的这种说法，是阿Q精神。他不笑，他说阿Q精神过去应该批判，今天却是有用的物件。鲁迅先生的《阿Q正传》好比一剂药，是针对国人时病的：哀其不幸，怒其不争。今天国人已经觉醒了，不是不争，而是善争：争名，争利，争职称，争官位，一争再争，无有休息。那争不到的人们，怎么办呢？这就需要一种新药了：忍让心一片儿，大肚肠一条，和气一两，谦虚八钱，阿Q精神少许，将药放到虚空锅里，添上难得糊涂水一瓢，点着三昧真火，慢慢煎熬。他说吃了这种药，清气上升，浊气下降，二气均分，身体健康，同时有利于社会稳定。——稳定是压倒一切的！

我又被他逗笑了，咯咯地笑个不止。他也笑着，像是完成了一篇小品创作，到街上买了两支冰糖葫芦，他一支，我一支。

我和我的朋友们，欣赏他的度量，喜欢他的幽默，称他：快乐的老拙。

但是，快乐的老拙也有不快乐的时候。最近他告诉我一件事，也像是一篇小品。

那是去年冬天，省里一家文学刊物召开座谈会，他也被请了去。他在会上认识了不少人，听到不少新的观点，心里非常快乐。只是散会的时候，发生了一件不快乐的事。那主编做事细心周到，总结了会议情况，对于那些因为时间关系没有发言的人表示了歉意，并将他们的姓名、职务一一点到。最后点到老拙的名字，主编打了个沉儿，他没有职务、也没职称，嘴里便冒出一句很亲切的话：还有从县城赶来的老拙好朋友！话音刚落，会场上便爆发了一片笑声。吃午饭时，有人打趣：今天主编给了老拙同志一个职称——"好朋友"。餐厅里又是一片笑声，他的脸上火辣辣的，挺好一桌饭，也没吃好。

　　当天晚上，他回到家里，心里久久不能平静。屋里的火炉和他的心情一样，怎么也弄不欢，浑身冷紧紧的。他坐在灯下看看会上印发的邀请名单，每个人名后面都有一个或是几个职务，唯自己没有，光秃秃的。数九寒天，想想那些得了职务的人，谁屋里没有暖气！再想想自己点灯熬眼，辛苦半生，白发日添，青衫依旧，好不容易参加了省里一个会议，只落得一个"好朋友"，招来一片笑声，身上越发地寒冷了。抬头看看自己题写的条幅"澹泊明志，宁静致远"，不行，没有暖气还是冷；顺手翻开刚刚买到的一本《菜根谭》，读了两段关于安贫乐道的格言，也不行，冷！唉，睡吧，正要熄灯，他的眼睛倏地一亮，又盯住了那个邀请名单。他发现不少职务的前面，有一个

"原"字，例如，某，原某厅厅长；某，原某刊主编；某，原某协会主席……他望着那一个一个的"原"字，再想想主编的话，一身的寒冷化作了一片暖意：啊，我那职称——"好朋友"的前面是永远不会加一个"原"字的吧？

快乐的老拙终于又快乐起来了，他用嘴哈哈手，写下一篇日记，记下了一天的所见、所闻、所思、所感。最后写道：

今天，余得到一个永久的职称——"好朋友"。

余是大家的好朋友，余当继续努力，永远做大家的好朋友。

意犹未尽，哈哈手，又添了一句：

好朋友就是暖气！

友　情

冬天的黄昏，天空阴沉沉的，夜色早早地下来了。老石收了摊子，回到家里，不住偷偷地笑。他把打鞋掌用的箱子、皮子、拐钉安放在一个角落里，又把屋里打扫得干干净净，然后吩咐老伴儿做几样新鲜可口的小菜。

石大妈正做晚饭，看他喜气洋洋的样子，说："不年不节，做菜干什么？"

"他要做官了，我想给他贺贺。"

"谁？"

"老倪。"

"真的？"

"真的。"

石大妈哎哟叫了一声，脸上也布满喜气。老倪是当年的县长，给这一方百姓做过不少好事。那年世道一乱，稀里糊涂被打倒了；打倒以后，稀里糊涂被挂起来了，一挂挂了这许多年。老倪被挂着的时候，整天没有事做，常到大街散心。老头子就在大街上摆摊，两人慢慢成了朋友。老头子半辈子结交的朋友不少，有剃头的，有修脚的，有磨剪子抢菜刀的，唯独没有做官的。如今落实政策，真要落实到老倪身上了，也真该贺贺！

"上级有了公文啦？"

"咱不晓得。"

"你听谁说的？"

"我看出来了。"

"又吹哩，又吹哩！"石大妈撇撇嘴，做起饭来。

老石见她不相信自己的眼力，惋惜地笑了一下，慢慢地说："我打了半辈子鞋掌啦，天天在大街上摆摊，新社会旧社会，什么社会我没经过？南来的北往的，骑马的坐轿的，推车的担担的，什么样的人我没见过？咱不敢说料事如神，凡事也能看个八九。信不信由你，做菜吧！"

老石说完，戴上狗皮帽子，要上大街买一些牛肉包子，那是老倪最爱吃的东西。一开屋门，一股冷风卷着几片雪花飞进屋来，凉飕飕的。石大妈朝外一看，满院里一片浅白。

"哎呀，下雪了，他能来吗？"

"下刀子他也来，我们约好了的。"

石大妈听这口气，才确信无疑了；端下做饭的锅，欢欢喜喜地做起菜来。

　　老石虽然面目呆愚，却是个有心人。老倪要做官了，的确是他看出来的。今天下午，老倪理了发、刮了脸，刚刚走到他的摊子跟前，忽然过来几个人，笑哈哈地要请老倪看电影去。老石两眼从老花镜的框子上向外一瞅，一个是财税局的孙局长，一个是城关公社的白书记，另外两位他不认识。孙局长扶着老倪的左胳膊，白书记扶着老倪的右胳膊，另外两位挖揲着手，好像希望老倪再生两只胳膊似的。从前是这样子吗？不是的……

　　老石回忆着下午的情景，不觉来到大街上。天上虽然飘着雪花，大街上依然灯火通明。饭馆里还没关门，各街居民委员会新设的饭棚也在营业。有卖烧饼的，有卖馄饨的，有卖炸果子的，到处是新鲜的招牌，蒸腾的热气。绝迹十年的原笼包子、南煎丸子，又出现在饭馆里；别具风味的鸡丁崩肝、腹肋肘花，又摆在肉摊上。这里吆喝："豆腐菜，开锅的豆腐菜……"那里叫卖："牛肝牛肉还有牛蹄筋儿咧……"显示着古镇的富足和繁荣。老石看在眼里，喜在心里。他想，如今的世道真好，不但老倪那样的好人有了出头之日，大街上也不像从前那样黑咕隆咚、冷冷清清的了，这才像个世界，世界原该如此。

　　老石买了牛肉包子，用荷叶裹了，托在手里；走出包子馆，听见街上有个耳熟的声音："白书记，尝尝我们的烧鸡？"

"看个朋友，要肥的……"

老石定睛一看，原来是下午请老倪看电影那一班人。他们围着围巾，戴着口罩，每人露着两只笑嘻嘻的眼睛……

老石没有理会，自己走自己的路。不一会儿，他们超过他了，翩翩向前走去。老石走到自己家门口时，一抬头，只见他们走入老倪居住的那条巷子里了。他打了个沉儿，心里生疑，蹒蹒跚跚地跟了过去。

老石走到老倪门口，两扇黑漆街门已经关得严严的。他想，他和老倪有约在先，他们不会待很久的。于是，蹲在一个背风的地方，等一等吧。

西北风越刮越大了，黑洞洞的巷子里，没有一点儿声息，只有空中的电线哼哼地响。雪花在夜暗里飞舞着，打在他的脸上，落在他的狗皮帽子上，灌到他的脖领里去。等了好大工夫，那两扇黑漆街门仍然关得严严的。

他站起来了，盯着两扇黑漆街门，眼里放出古怪的光。但是过了一刻，他又蹲下了……

他耐心地等着，老倪忽然站在面前了，枯瘦的身体，苍白的脸色，帽舌压得很低，看不清眉目。那是一个寒冷的早晨，他挤在肉铺门口那片乱哄哄的人群里，白白冻了两个小时。几个买肉的人，肩膀一横，先后站到他的前面去。他们好像因为自己没有老倪那样的厄运，理所当然地应该站到老倪前面似的……唉唉，何苦呢？

老倪过来了，空着手，苍白的脸上挂着苦笑。他认识老倪，老倪不认识他。当时不知出于一种什么心情，他贸然叫了一声："倪县长，买肉来？"

"呵呵，卖完了，改日再买……"

"他卖完了咱不吃，打个鞋掌吧！"他大声说，好像跟谁吵架似的。

"这是新鞋。"老倪跷起一只脚说。

"新鞋打个掌更结实，白打，分文不取！"

老倪定定地看着他，苦苦一笑，真的脱了鞋。他忘不了老倪那眼光，但说不清那是一种什么眼光。他抡着小锤子，钉一个钉，嚷一句："他卖完了咱不吃！"钉一个钉，嚷一句："他卖完了咱不吃！"——淡话，买不着吃什么呢？

几句淡话，他们成了朋友。从此以后，他一出摊，老倪就坐在他的身旁，看看行人、聊聊天，打发那寂寞的时光。遇到刮风下雨的日子，不能出摊了，他就约老倪下棋、喝酒，他从不失约……

今天，他失约了，那是因为客人们缠着他，他走不脱啊，他心里不定多么焦急呢！

"白书记，尝尝我们的烧鸡？"

"看个朋友……"

　　"球！"他又站起来了，狠狠吐了一口唾沫。那一年，老倪的老伴儿死了，我守了三天三夜灵，看见你们哪一位了？"刮台风"的时候，没收我营业证的，板着脸数落我"敌我不分"的，不就是老白吗？……

　　他冷笑了一声，抖掉肩上的雪，跺跺发麻的脚，整了整衣帽；他要推开街门，大大方方地走进去，和他们一起喝酒、吃鸡！待到有了几分醉意，他要使酒骂座，问一问老倪办丧事的时候，各位在哪里；问一问老白那年为什么没收他的营业证……

　　他刚要推门，院里传出一阵隐约的笑声。他的手一缩，火烧电灼一般，迅速扭过身来。他一扭身，一团雪雾扑到他的怀里，急忙闭住眼睛。他一闭眼睛，"豆腐菜，开锅的豆腐菜……"仿佛又看见那满街灯火了。他一想起那满街灯火，就又变得心平气和，脸上挂起适意的微笑。唉唉，做官的人总得和做官的人在一起吧。他们不在一起，怎么共事？他们要在一起共事，他们就得和和气气。倘若他们失了和气，又分起"敌我"来，世道就又乱了。世道一乱，大街上不就又变得黑咕隆咚、冷冷清清的了吗？至于朋友交情，也不在今夜那一壶酒。从前咱和老倪喝酒，有一把花生豆、一块臭豆腐就行了；他们呢，他们得买好几只烧鸡呢，哈哈哈……

他这样想着，不知怎样来到自己家门口了；抬头看见窗上的灯光，心里一沉，他又站住了。他向老伴儿夸下海口，言说老倪下刀子也来，回去怎么交代呢？实说嘛，老伴儿以后会不会冷淡老倪呢？他朝电线杆上一靠，暗暗发起愁来。雪花在暗夜里飞舞着，打在他的脸上，落在他的狗皮帽子上……忽然，他眼前一亮，径向大街走去；到酒馆里买了二两白酒，就着那牛肉包子喝了，才蹒蹒跚跚地回到家里。

"老倪呢，来了吗？"石大妈问。她困了，懒懒地打了个哈欠。

"他不来了。"老石笑眯眯的，搓着手说。

石大妈听了，慢慢张大眼睛，紧紧盯着老石，脸色阴沉下来。愣了半响，鼻子里哼了一声，收拾桌上的菜碟子。她的手脚很重，菜碟子碰得叮当响。

"摔打什么？"老石仍然笑眯眯的，"我们已经喝过了，就在老倪的家里。孙局长也去了，白书记也去了，净是官面上的人。他们把我让在上座，这个敬我一盅，那个敬我一盅，差点把我灌醉了……不信，你闻闻！"说着，张开嘴，冲着老伴儿的脸哈了一口气。

石大妈闻到那酒味儿，把脸一躲，偷偷地笑了，顺手推了老石一下；老石两腿一软，歪倒在炕上，呵呵呵地笑得很响……

东 关 武 学

这两年，在我们这个小镇上，出现了许多集体和个人开办的学校：剪裁缝纫学校、木工学校、美术学校、无线电技术学校等等。这些学校对年轻人具有很大的吸引力，一张广告贴出，从学者云集，蔚然成了一种风气。

今年7月22日，在大街的广告牌上，又出现了这样一张广告：

东关武学招生广告

为了满足广大武术爱好者的要求，强身健体，振兴中华，我村决定开办业余武术学校，自即日起至本月三十日止，招收第一期学员。学期两个月，学费六元整，本期传授小红拳一套，大红拳一套，短棍一路，特请我县著名拳师戴荣久任教。冬练三九，夏练三伏，机不可失，失不再

来，愿学者请速到我村村民委员会报名，过期
不候。

东关武学七月二十二日启

我不是武术爱好者，但是也被这张招生广告吸引住
了。戴荣久，我认识，他是东关党支部书记。去年冬天，
我在东关下乡的时候，就住在他的家里，他今年六十二
岁，1941年参加革命工作，担任青救会抗先队队长；1943
年入党，担任村长；1948年担任支部书记，风风雨雨干到
现在。他怎么变成"著名拳师"了呢？

我带着这个疑问，到东关住了几天，通过多方面了
解，并和本人座谈，才弄清了他开办武学的原因。细想起
来，颇有一点儿趣味，于是择其要而记之。

人们怎么发现他身上有功夫

那是7月初的一天下午，镇党委召集各街各村的支部
书记开会，讨论县委关于调整基层领导班子的决定。讨论
一开始，就冷了场，在座的十九名支部书记谁也不发言。

党委书记没有办法，只好点将了："西关，西关带个
头吧！"

一个黑胡子支部书记，谈了一点儿感想。

"西门里，西门里谈谈吧！"

一个白胡子支部书记，谈了一点儿认识。

"北关，北关来了吗？"

一个下巴刮得干干净净的支部书记，笑眯眯地站起来，说要撒泡尿去。

大家轻轻笑了一下，就又沉默起来。

党委书记耐着性子，又把县委文件念了一遍，只好动员老戴了：

"老戴，你谈谈吧，在咱们这些人中，数你年纪大，血压又高，听了文件精神，你有什么打算呀？"

大家的眼睛一齐投向老戴。老戴板着脸，半天不说话，两道灰白的长眉慢慢耷拉下来。党委书记正要催问，他猛地站起来了，差点儿把椅子碰翻。他像一个杂技演员，挽挽袖子，紧紧腰带，左肩抵在椅背上，嘿的一声，头朝下、脚朝上拿起一个大顶！拿完大顶，他把桌子一拍，急怪怪地嚷道：

"谁说我血压高？纯属造谣！"

大家轰地笑了，纷纷说：

"不高不高，老戴的血压很正常！"

"真没想到，老戴还有这两下子！"

"老戴，你一定练过武术吧？"

"那当然，老戴同志是童子功！"白胡子支部书记显得特别高兴，眉飞色舞地说，"四十年前，城外四关都有武学，老戴的拳法、剑法、刀法、枪法，都是数一数二的，日本人都怕老戴！"

从此以后，一传十、十传百，人们就都晓得他身上有功夫了。

他怎么想起开办武学

有人说，一些上了年纪的同志，不愿意离开领导岗位，是怕失去了自己的既得利益，或是还有什么未了的事情要做。果真是这样吗？别人的情况我不了解，如果这么猜度老戴，那就太冤枉他了。

真的，老戴当了这么多年支部书记，乡亲们想不起他有什么既得利益。他有三个儿子，两个女儿，现在都在责任田里劳动，连一个出去当临时工的也没有；在经济方面，就更清白了，轰轰烈烈一个"四清"运动，他只退赔了一个铁锨柄。

那么，在镇党委召开的会议上，他为什么要拿一个大顶呢？人们说，老戴不吸烟，不喝酒，长期的政治生涯，却使他形成了另外一种癖好：他喜欢通过高音喇叭讲话，喜欢听人向他请示工作，喜欢在村里的一些公文上签自己的名字，按自己的手戳……总之，他需要在这块土地上，有职有权地做事，有声有色地活着。党委书记那几句话，显然是刺痛了他的心，一时冲动，他便拿了一个大顶。

老戴没有白拿大顶。镇党委再三考虑，让他当了村里的顾问。听到这个决定，他吃了一惊。顾问，他晓得，机构改革以后，地委有这么一个座位，县委有这么一个座位，他做梦也没想到，村里也有这么一个座位！他紧紧握住党委书记的手，十分感动地说：

"咱们党办事有情有义，我一定要尽到自己的职责！"

于是，他那两只深沉的、令人敬畏的大眼睛，紧紧盯在两个年轻人身上。这两个年轻人，一个是刚上任的支部书记戴新华，一个是刚上任的村民委员会主任杨小豆。新华今年二十六岁，高中文化程度，原来是大队农业技术员，懂一点儿楼田菜圃、立体农业什么的；小豆比新华大两岁，原来是大队会计，算盘打得很好。这两个孩子，是他看着长大的，都很聪明，也很听话，今后将是什么样子？他还得听其言，观其行。

通过一段细心观察，他觉得这两个孩子表现不错。村里的工作，从发展党员到防治鸡瘟，他们都及时地向他请示，及时地向他报告；村里召开什么会议，他们都要请他讲话；他讲话的时候，他们都做笔记，并且做得十分认真。如果他讲快了，他们就会打断他的话说："大伯，慢点儿慢点儿，你讲慢点儿！"——总之，表现不错。

乡亲们表现也不错。许多事实表明，他的地位虽然变了，他的威信依然存在。比如上级号召改造连茅圈，西街的杨老万坚决不改，并和小豆吵起架来。小豆没有办法，要和他"去见支书"，他跟上就走。可是一看来到老戴门上，他嘻嘻一笑，扭头就跑。小豆一边赶一边叫：

"别跑，你跑什么？"

"我只当去见哪个支书哩，谁和你见这个支书呀？"

"你那连茅圈……"

"堵，我堵。"

老戴知道了这件事，很是高兴，一次赶集的时候，特意请杨老万吃了一个西瓜。

那么，他怎么想起开办武学来了呢？他像是早有准备，又像是临时动议，我不善于心理描写，只能介绍一点儿具体事情。

一天早晨，老戴正在玉米地里捉虫，新华、小豆来向他请示工作。他们想开办一个酱园，生产面酱、酱油和各种酱菜。他们说，开办这样一个酱园，不但可以安排一批剩余劳力，还有利于农业产品深加工，实现多次增值……

老戴听了，板着脸，半天不言声。

"大伯，你看行吗？"新华问。

"开酱园就是开酱园，什么深加工、浅加工！"原来，他讨厌他们在他面前卖弄那些稀奇古怪的新名词儿。

小豆笑了笑，赶忙解释说：

"开个酱园，我们就不用到菜市上卖黄瓜、卖萝卜了，我们就可以卖酱菜，那样利皮儿大得多。"

"把式呢，有把式吗？"

"我们想从保定请。"

"资金呢，资金够吗？"

"不够，也差不多，我们想把库房里积压的那些鳔胶处理掉……"

说到这里，新华轻轻咳嗽了一声，小豆立刻把话收住了。他们看见，老戴的脸色很不好看，两道灰白的长眉又慢慢耷拉下来。沉默了许久，他忽然转了话题："新华，杨老万家的连茅圈，到底堵了没有？"

"堵了。"

"小元家呢？"

"也堵了。"

"你杨四奶奶家呢？"

"正在堵。"

"现在，还有多少钉子户？"

"好像没有了，都在堵。"

"走，看看去。"

那天早晨，他走了十几户人家，亲自检查了改造连茅圈的情况。关于开办酱园的事，再没有提。

原来，老戴忌讳"鳔胶"这两个字。那是1978年夏天，不知怎么，他想开办一个工厂。当时村里开办不起别的工厂，他就让人们支了几口大锅熬鳔。那鳔厂产量不低，但产品一直没有找到销路。社员们分不上红，就分鳔胶，分了两年也没分完。现在，谁要一提"鳔胶"两个字，他就火了，以为是讽刺他，这也是人老多疑。

这件事情，和开办武学有什么关系？让我们往下讲。

半月后的一天下午，老戴正在玉米地里锄草，新华、小豆又来了。他们刚刚接到镇上的电话通知，明天下午，县委的徐书记要到村里来，了解发展商品生产的情况。他们考虑，在这种场合，还是由他汇报为好，显得更庄重一些。

"不，你们汇报。"老戴走到地头上，坐在一棵柳树底下说，"顾问嘛，就得像个顾问的样子，我不能包办代替你们的工作。"

"可是，汇报什么呢？"新华问。

"酱园，汇报酱园。"老戴看看小豆说，"咱们的酱园办得有点眉目了吗？"

"没有，资金还差一些……"

"那些鳔胶还没有处理？"

"那天早晨，你老人家好像没有表态……"

老戴像是生气了，把手里的锄头一扔，说：

"你们以后不要这样，这样太耽误工作！你们年岁不小了，该办的事，尽管办，谁拿锄谁定苗嘛！"

"不。"小豆赶忙说，"我们活到一百岁，在你老人家面前也是一个孩子。真的，你老人家好比一只老母鸡，我们好比小鸡，我们都是在你翅膀底下长大的。没有你，我们说话办事，总像坐着没底儿轿似的……"

"处理吧，我同意！"老戴忍不住嘿嘿地笑了，"你小子真会打比喻！"

第二天中午，老戴指挥着所有村干部，进行了一次大扫除。村民委员会的屋里、院里，打扫得干干净净，并且用水泼得湿漉漉的。对了，老戴还有一种癖好，他喜欢以主人的身份，迎来送往，接待各方面的客人。

下午三点钟，一辆精致的米黄色面包车停在村民委员会的院里。车门打开，镇党委书记先从车上下来了，接着下来几个工作人员，最后下来徐书记。徐书记也老了，机构改革以后，当了县委的顾问，但是人们对他仍然保持着原来的称呼。他一下车，村干部们一齐簇拥上去，亲切地叫：

"徐书记，你来啦，欢迎你指导我们的工作！"

新华口才不错，当着许多领导人，简要地汇报了村里的基本情况，着重汇报了开办酱园和今后的设想。只是汇报当中，他又卖弄了一些稀奇古怪的新名词儿，什么改善生产结构，什么开放式农业生态，一套一套的，像卖瓦盆儿，叫老戴不大满意。

可是，老徐对新华的汇报却很感兴趣。他眯着眼睛听着，不住地点头微笑，好像听戏似的。据说，老徐十分喜爱青年干部，尤其喜爱青年干部中的"文化人儿"。

新华汇报完了，镇党委书记说：

"现在，请咱们的老书记讲话！"

屋里响起一片热烈的掌声。老徐呵呵笑着，忙说：

"我不讲我不讲，小蓝讲。"

"小蓝"是谁呢？老戴四下寻找着，一个坐在对面的陌生人站起来了。其实，这个人并不小，总有四十上下年纪，满下巴黑胡楂儿。老戴眨巴眨巴眼睛，忽然想起来了，县里机构改革的时候，听说来了一位大学生县委书记，好像姓蓝。那么"小蓝"便是蓝书记了。

蓝书记谦和地笑了笑，用一口河南话说："我没啥好讲的，还是请老书记讲吧，老书记情况熟悉。"说完和大家一起打开笔记本子。

老徐推辞不过，只得讲一讲。首先，他鼓励他们一定要把酱园办好，然后嘱咐他们其他工作也不能落后。比如改造连茅圈，县委早在1958年就抓这项工作，抓到现在，仍然是猪吃人屎、人吃猪肉，这是一个很不卫生、很不文明的现象。讲到这里，他情不自禁地站起来了，要求东关集中时间，集中力量，打一个彻底改造连茅圈的漂亮仗……他讲得很坚决，嗓门很洪亮，那声色气魄，就像当年挎着盒子枪，带领县大队去拿敌人的炮楼一样！

他讲完了，又是一片热烈的掌声。掌声过去，新华望着老戴说：

"老书记的讲话非常重要，今天晚上，咱们开会讨论一下吧？"

"可以。"老戴说，"支委、村委都参加！"

新任会计戴小娥告诉我，那天下午，老戴特别高兴。送走客人，院里只剩他们两个人的时候，他悄悄地问了这么几句话：

"小娥，看见了吗？"

"看见什么？"

"你看'小蓝'像谁呢？"

"不知道。"

"你看老徐像谁呢？"

"不知道。"

"傻闺女，什么也不知道！"

说着，嘿嘿地笑了，小娥到底弄不明白那是什么意思。

晚上下起小雨，远处还有沉闷的雷声。老戴来到村民委员会的院里，只见窗上黑着灯，门上挂着一把锁。等了很久，小娥才从街上走过来，嘴里哼着那支流行的电视剧《霍元甲》插曲。

"小娥，人哩？"

"走了，今天钱庄演电影哩。"

"新华和小豆哩？"

"也去了，晚上我值班儿。"

"不讨论了？"

"讨论什么？"

"他不是说讨论老徐的讲话吗？"

"哦。"小娥轻轻笑了一下，一边开门一边说，"不讨论了，新华那么讲一下，老头儿高兴。"

老戴听了，一句话也没说，拔腿就走。他走得很快，很急，跌跌撞撞回到家里，哐地关上街门，站在院里骂了一句：

"呸！两面派，尽他妈的两面派！"

老戴到底是老同志，脾气大，度量也大。他摸着黑坐在外间屋里，把老徐的话从头到尾想了一遍，心里的火气就消去了一半。他似乎看明白了，新华、小豆这些年轻人，和老徐、和自己相比，确实有一些不同的地方。他们喜欢谈论楼田菜圃、立体农业，喜欢谈论那些稀奇古怪的新名词儿；自己和老徐呢，喜欢谈论改造连茅圈。当然，改造连茅圈也是一项重要的工作，也应该抓好，但是在那样的场合，絮絮不休地谈论这个问题，总觉得驴唇不对马嘴，不讨论也可以。

可是，他那一半火气，怎么也消不去。新华、小豆这两个孩子，一向很诚实，手里刚刚有了一点儿权力，怎么就生了这种心机？想到这里，他的心全凉了，觉得这么生活下去，太没意思，倒不如在家里种几盆花，养几缸鱼，或是干点儿别的……

早晨，雨还在时紧时慢地下着。老戴还没起床，新华、小豆又来请示工作。不等他们开口，他先问了一句："新华，昨天晚上，讨论得怎么样？"

新华脸一红，没有回答。

"不错。"小豆沉着地说，"大家发言很热烈。"

老戴没有言声，慢慢穿上衣服，突然又问了一句：

"昨天晚上，钱庄演的什么电影？"

"《武林志》。"新华脸更红了，"武打片儿。"

"好看吗？"

"好看，响雷下雨人都不散。"

"真的？"

"真的，现在的年轻人很爱好武术……"

"那，我把咱村的武学恢复起来吧？"老戴眼睛一亮，从炕上跳下来了，"年轻人学点儿武术，也不错！"

他提得太突然了，新华一点儿思想准备也没有。小豆笑了笑说：

"那可不行。——你是我们的顾问，我们不能让你分散精力。真的，你老人家好比一只老母鸡，我们好比……"

"行啦！"老戴沉下脸说，"你小子聪明伶俐，哪样都好，就是嘴太甜了！你甭给我戴高帽儿，我有自知之明。顾问，我当，武学我也要办。现在是人尽其才，物尽其用。——新华，你看哩？"

"我看可以。"新华想了一下说，"办个武学，可以活跃村里的文体生活，大伯也省得寂寞。不过，我们在工作中遇到了困难，还得请你出马。"

"那没问题！"老戴慷慨地说，"比如改造连茅圈，遇到了钉子户，你们尽管找我！"

"小豆哥，你看哩？"新华问。

小豆嘻嘻笑着，自然也同意。那张多少带有一点儿招摇意味的招生广告，就是他写的。

武学的忌讳

武学设在村东口的一个闲院子里。这里原是一个生产队的场院，院内三间北屋，院外树木环合，倒是个很好的群众活动场所。

截至月底，共招收学员六十二名，工、农、学、商，各界人都有。所收学费，小豆主张给了老戴，老戴分文不取，他说：

"开展业余活动，要什么钱，我是吃鱼不乐打鱼乐！"

于是，他们就用这些钱，打造了一些器械。刀、枪、剑、戟、三节棍、流星锤，应有尽有。

武学是在晚上活动。太阳一落山，学员们就集合了，老戴又教武术，又讲武德，有时还做示范表演。因此，前来观看的人们，比学员还要多，真正起到了活跃村里文体生活的作用。

一天晚上，我和体委的一个同志，也到那里看了看。半月不见，老戴满面红光，下巴刮得干干净净的，好像比以前年轻了许多。显然，他那一半火气也消去了，他很满意这种生活。操练完毕，他把褂子一脱，特意给我们表演了一套"鹰爪拳"。他的表演十分精彩，行如风，站如钉，提膝如虎，转掌似鹰，不时博得满场喝彩。

可是，就在这天晚上，他又发了一点儿脾气。刚刚表演完了，一个外村的青年说：

"戴老师，我们听说你还会拿大顶哩，你拿一个，让我们看看！"

老戴听了，陡地变了脸色，伸手揪住那个青年的耳朵说：

"你要是不想学，就走，甭捣乱！"

拿大顶是东关武学的一个忌讳，前去习武的青年朋友，一定要注意。

后　记

正定古城，是贾大山老师一条重要的文学根脉。

1942年，他出生于正定城内西南街一个小商人家庭。每天清晨睁开眼睛，听到的就是大街上各种小吃的叫卖声。他家在府前街西南口拐角处临街开一爿杂货铺，以此维持一家人的生计。府前街是一条繁华的商业街，有粮布店、食品店，还有茶馆、饭店、诊所、染房……大山老师家的杂货铺往北约三丈远处，街两边，面南蹲一对儿青石狮子，面北也蹲一对儿，四只狮子背靠背，共驮一座油漆斑驳的高大木牌坊，上书"常山古郡"四个苍劲有力的大字。北面，紧临牌坊，就是后来出现于他笔下的"义和鞋庄"。童年的大山老师，喜欢和高书田等几位小伙伴骑着青石狮子学武松打虎。因他家的杂货铺紧临戏园子，从里面传来的铿锵锣鼓声与胡琴婉转动人的旋律，成为他童年的另一底色。

正定是全国历史文化名城，自晋代至清末，一直是郡、州、路、府的治所，历史上与北京、保定并称为"三关雄镇"，素有"九楼四塔八大寺，二十四座金牌坊"之称，文化积淀丰盈深厚。

　　生于斯长于斯的大山老师，其血脉已融入这座千年古城。他爱古城的一砖一瓦、一草一木，更爱那些伴他长大的文物古迹。二十世纪八十年代末期，河北省文联领导决定请他担任《河北文学》主编，却被他婉言谢绝。为"搬"他"出山"，当时的省文联和省作协领导，多次来正定做他的工作，但他终究没有答应。人们都不理解。他也征求过我的意见，我说，那里可是河北文学的最高殿堂，你应该去，放弃多可惜。他哀叹一声说，我是真舍不得离开咱正定啊！他当时担任县文化局局长，正在主持古文物的保护与修复工作。他对这些老祖宗留下来的宝贝，像爱护自己的眼睛一样珍惜有加，为求得有关领导与专家的大力支持，他多次奔走于省城与北京，为此耗费了大量的精力与心血。在他看来，保护好这些文物远比当文学杂志主编和多写几篇小说重要得多！

　　直到二十世纪九十年代初，他终于卸任正定县文化局局长，才有闲暇"重操旧业"，于是，对古城铭心刻骨的记忆，从他那支生花妙笔下流淌出来，就有了《王

191

掌柜》《莲池老人》《西街三怪》《老底》等一篇篇精品佳构，引起文坛一片喝彩。"常行于所当行，常止于所不可不止"，这时候他小说的技法更趋老辣，洞悉世事的目光更为深邃；还因崇尚佛教并对其进行深入的研究，相比他之前的小说，又多了几分禅意与生活哲理，那是有别于其他作家独到丰盈的人生意蕴。譬如，林掌柜（《林掌柜》）的义合鞋庄柜台上那把"小铡刀"，还有那句"人也有字号"，多么引人深思，令人警醒。总之，无论思想内涵，还是艺术手法，都臻于化境。评论界也认为，"古城人物"系列是大山老师文学创作的巅峰之作。有评论家将其定义为禅意小说，还有说是文化小说，我认为都有道理。正定古城就应该拥有这样一位优秀的作家，以及如此韵味绵长的精美小说。

茅盾先生曾说："一篇好作品往往可以使读者着迷，因为它使他们亲切地从作品中认识乃至认清那些他们似曾相识的人和事；它说出了他们想说的话，他们从作品中看清了是非黑白，使他们知道一件事的过去、现在和将来，尤其是对将来抱起一种强烈的希望。"贾大山老师正是写出了如此好作品的优秀作家，他无愧于这块深深挚爱的家乡的土地。

距离贾大山老师创作"古城人物"系列，已经过去了将近三十年，时光的烟云，难掩其小说的灼灼光华，相反，却历久弥新，已然成为古城文化宝库中一颗璀璨夺目的明珠，并且伴随那些令他无比珍爱的文物古迹，一同融入古城灿烂的历史长河……

感谢花山文艺出版社，用这种图文并茂的形式，再次将大山老师笔下的"古城人物"呈现在读者面前，让喜爱大山老师小说的读者朋友，有机会细细品味这些鲜活的人物和故事中蕴含的人生感悟。

康志刚

2020年12月15日于古城正定